KB057903

불면 클리닉

불면 클리닉

황혜련 소설

문이당

작가의 말

첫 소설집을 낸다. 처음 소설을 시작할 땐 이런 날이 올까 싶었는데 왔다.

나는 작가의 말을 세 줄로 요약하였다.

나는 나를 위로하려고 소설을 쓴다.

내 소설을 읽는 당신에게도 위안이 되었으면 좋겠다.

그거면 충분하다.

정말 그거면 족하다고 생각했다. 내가 무슨 말인가를 더 한다면 그건 사족이자 자기변명이었다. 글은 짧을수록 명료해진다. 그런데 행간 사이로 자꾸만 무언가 꿈틀거리고 올라왔다. 정말 그거면 되겠냐고, '위안'이라는 한 단어로 그 많은 기억을 덮을 수 있겠냐고 자꾸만 되물었다. 순간순간 힘겹게 건너온 내 삶의 편린들이 모두 그 안에 녹아있는데 나는 그냥 묻으려 했다. 예의가 아니다. 기억해야 할 건 기억하고 고마운 건 고맙다고 말해야 한다.

소설집을 출간하기 전에 많이 망설였다. 소설을 읽지 않는 세상 아닌가. 그러다 피식 웃었다. 내가 언제 남을 의식하고 살았나. 늘 세상과는 한 발 동떨어져서 살았다. 그게 안분지족에서가 아니라 천성이 게을러서임을 나는 안다. 나는 애초부터 그들의 속도에 맞출 자신이 없어서 스스로 방향을 틀고 소설 속으로 숨어들었다. 그게 때로는 팔자 좋은 사람이란 오해도 낳았다. 관계를 맺지 않고도 꾸역꾸역 살아내고 있는 내 모습이 저들 눈엔 그렇게 보였나 보다. 나는 절대로 팔자 좋은 사람이 아니다. 나는 늘 마음의 감옥에 갇혀 산다. 그런데 그 어두운 기억들이 소설로 정화되어 나오면서 내게 살아갈 힘을 주었다. 소설이 없었더라면……. 나도 모르겠다.

손이 안 가는 물품들을 재활용 수거함에 넣고 들어오다가 문득 내 소설들도 떠나보내야겠다는 생각을 했다. 행여 버리고 나서 다시 아쉬워지지나 않을까 해서 끼고 있던 것들. 그것들은 쓰임새보다 지니고 있어서 불편한 게 더 많았다. 비워내야 가벼워지는, 가벼워져야 다시 채울 수 있는 당연한 진리를 나는 너무 오래 묵과하고 살았다. 이제 내 소설들에게 새집을 지어 그들이 스스로 제 갈 길을 가도록 해주고 싶다. 그리고 부끄러워하지 않을 거다. 내 자식이니까.

　출판사에 보낼 원고를 정리하다가 진주 가을문예로 인연을 맺은 박노정 선생님의 부음을 들었다. 문학이 뭔지, 어떻게 살아야 하는지 몸소 보여주신 분이다. 올 가을엔 찾아뵙고 책을 드리려 했는데 그럴 수 없게 되었다. 모든 일은 너무 늦지 말아야 한다는 한 가지 교훈을 더 주고 가셨다.

　요령부득인 소설을 붙잡고 사는 나를 잘 참아주고 있는 가족, 봐주는 김에 계속 봐주시길. 바쁜 시간을 쪼개어 해설을 써준 성준이형, 그래서 더 값지고 귀하다. 그들은 고맙다는 말로 대신할 수 있는 분들이 아니다. 너무 늦기 전에 내 마음을 전할 수 있어 다행이다.

　이제 비로소 산 하나를 제대로 넘은 기분이다.

2018년 가을
황 혜 련

차례

팔찌

팔찌

눈을 떴을 때 주변은 온통 흰색이었다. 그 사이로 희미한 소독약 냄새가 떠다녔다. 여자는 자기가 누워 있는 이곳이 수술방이라는 걸 이내 알아차렸다. 기억을 더듬으려 할 즈음 왼쪽 가슴 부위에서 저릿한 통증이 밀려왔다. 많이 아프세요? 여자의 미간이 찌푸려지는 걸 본 간호사가 옆에 와서 물었다. 여자는 대답 대신 고개를 약간 끄덕였다. 간호사가 링거 호스로 진통제를 한 번 더 주입했다. 여자는 참지 못할 정도는 아니라고 생각했다. 오히려 깊은 잠을 자고 난 듯 머리는 더 맑았다. 아무것도 모르는 사이 감쪽같이 수술이 끝나 있다는 게 여자는 신기했다. 죽음도 이처럼 맞이한다면 좋을 텐데. 여자는 요즘 죽음에 대해 생각하는 시간이 많아졌다. 계속 아파요? 간호사가 한 번 더 물었다. 여자는 대답하지 않았다. 딱히 아프달 수도 그렇다고 아프지 않다고도 할 수 없는 이 가슴 통증은 진통제로 다스려질 수 있는 게 아니다.

수술실 앞은 남자가 지키고 있다. 남자는 꼬박 3시간을 수술실 앞에 있었다. 수술이 없었다면 남자는 지금 대학교 강의실에서 고분자화합물이나 반도체에 관해 떠들고 있을 것이다. 남자는 수업 시간을 바꾸느라 동료 교수들로부터 시간강사 주제에, 라는 비난 어린 눈빛을 감수해야 했다.

두 시간 남짓 지나 전광판의 수술중이라는 글자가 회복실로 바뀌었을 때 비로소 남자는 자리에서 일어나 긴 날숨을 내쉬며 정수기의 물을 한 컵 받아 마셨다. 물이 내장기관을 타고 내려가자 문득 시장기가 느껴졌다. 아침 겸 점심을 먹으려고 지하 식당으로 내려갔던 남자는 여자의 수술 시간이 당겨지면서 첫 수저도 뜨지 못하고 식당을 나왔다. 지하 식당의 메뉴는 토란국에 마파두부와 상추를 넣은 비빔밥이었다.

남자가 서성거리고 있을 때 수술실의 문이 열리고 여자의 침상이 복도로 빠져나왔다. 남자가 다가가 여자의 손을 잡았다. 여자의 손목에 있는 비닐 팔찌가 닿아 껄끄러웠다.

여자의 침상이 병실로 들어서자 사람들의 시선이 일제

히 여자 쪽으로 향했다. 금방 수술을 하고 온 여자를 측은한 눈으로 바라봤지만 그래봤자 여자와 하나 다를 게 없는, 가슴에 비슷비슷한 흉터 하나씩 지닌 뻔한 암환자들이다.

여자가 입원한 5인실은 그새 한 명이 새로 들어와 다섯 개의 침대를 꽉 채우고 있었다. 구석진 문 쪽에 새로 든 환자는 여자가 얼추 보기에도 서른이 안되어 보였다. 서른, 아름다운 나이였다. 암과 싸우며 보내기엔 너무 아까운 나이다. 여자는 자신의 나이를 돌아다보았다. 마흔 하나. 그래도 자신은 좀 나은 편이라고 애써 위로한다.

간호사가 들어와 수술 후 주의 사항에 대해 하나하나 일러주었다. 여자는 듣고 남자는 메모했다. 간호사도 보호자인 남자에게 더 꼼꼼히 설명해주는 눈치다. 여자는 그런 남자가 계속 신경이 쓰였다. 병실 사람들은 남자를 여자의 남편으로 알고 있다. 그러거나 말거나 입원해 있는 동안 굳이 남자에 대해 말하지 말자고 여자는 되뇐다. 경험상, 그게 서로 편하다. 남자에 대해 얘기하려면 설명이 필요하다. 설명을 하다 보면 구차해지고 오해가 생겼다.

수술한 부위에서 또 뭉근한 통증이 올라왔다. 여자는 가슴이 궁금했다. 얼마만이라도 남아있는지. 의사는 암세

포의 위치상 전 절제가 불가피하다고 했다. 그러나 최대한 노력은 해보겠다고 했다. 여자는 노력해보겠다는 그 한마디에 희망을 걸었다. 남자는 쓸데없는 기대라고 누누이 말했지만 여자는 혹시나 하는 희망을 놓지 않았다.

여자는 가슴을 내려다보았다. 왼쪽 가슴이 두툼한 거즈에 싸여 의료용 압박 브래지어 속에 꼭꼭 숨겨져 있었다. 보기도 전에 쿵쿵 가슴이 뛰었다. 머리로는 수없이 상상하던 일이었다. 욕실 거울 앞에서 왼쪽 가슴을 손으로 덮고 한쪽 가슴 없는 모습을 수도 없이 그려봤었다. 진료실 옆 탈의실에서 가운을 갈아입다가 가슴을 모두 베어낸 여인을 본 적도 있다. 40대로 보이는 그 여인의 봉긋한 유방은 온데간데없고 펀펀한 가슴 위로 겨드랑이에서 사선으로 길게 칼자국이 나 있었다. 그 가슴을 보는 순간 여자는 경악했었다. 여자는 눈을 감았다. 눈을 감으니 그 여인의 가슴에 나 있던 칼자국이 더 선명하게 떠올랐다. 이제는 자신의 일이 돼버린 한쪽 가슴. 여자는 남자 없이 혼자 가슴을 열어보고 싶었다. 남자가 옆에 있다면 애써 괜찮은 척해야 할 것이다. 여자는 남자가 아직 밥을 한 끼도 먹지 않았다는 사실을 상기해내고 괜찮다는 남자를 등 떠밀 듯 식당으로 내려보냈다. 그리고 깊은 숨을 내쉬었다. 가슴을 열어보는 일은 대단한 용기를 필요로 했다.

그때 TV에서 아이돌 한류스타 박유빈의 자살 소식이 흘러나왔다. 아이러니했다. 누구는 더 살아보겠다고 수술을 받고 지옥 같은 항암치료를 견디는데 멀쩡한 생목숨을 그냥 끊어버리니 말이다. 아니나 다를까, 여기저기서 안타까움과 힐난의 소리가 터져나왔다. 여자의 맞은편에 입원한 할머니, 할머니는 일찍 손자를 봐서 할머니 소리를 듣지 실상은 58세밖에 되지 않았다. 할머니는 TV를 뚫어지게 바라보다가 미친놈, 한마디를 내뱉고는 TV를 등지고 돌아누웠다. 할머니는 벌써 세 번째 암이 재발되어 한 달째 항암치료를 받으며 입원 중이었다. 유방에서 시작된 암은 폐 깊숙이 번져 이젠 항암치료도 무의미하다는 진단을 받고 내일 퇴원 날짜를 받아놓고 있는 상태였다. 할머니에게 자살은 어이없을 것이다. 양쪽 가슴을 다 잃고 지독한 약물에 의지해 하루하루를 버텨야 하는 할머니 같은 사람에게 자살은 황당하기 그지없을 것이다. 그러나 여자는 알고 있다. 스무 살 꽃다운 청년의 자살 소식은 이 방 사람들 모두에게 위안이 되고 있다는 걸. 그렇게 황망한 죽음도 있다는 걸 알고 나면 암은 더 견딜 만하다. 암은 적어도 유서를 쓸 시간은 주니까.

수술을 앞두고 새벽에 깨어 뒤척이고 있는 여자에게 할머니는 속 깊은 얘기를 털어놓았다. 간밤에 유서를 썼다고. 종이가 없어 환자 수칙이 적힌 병원 유인물 뒤쪽에 적었다며 머리맡에 반으로 접힌 종이를 턱짓으로 가리켰다. 그때 여자는 뜬금없이 종이에 적힌 내용이 궁금했다. 두서 없이 삐뚤삐뚤 써내려갔을 할머니의 재산 내역이. 할머니는 자식 셋 시집장가 다 보내고 대 이을 손자까지 봤으니 할 일은 다 했다고 말끝을 흐렸다. 첫 번째 재발되면서 죽음은 한층 가깝게 다가왔고 세 번째 재발되면서 죽음은 이제 익숙해졌다고, 말은 그렇게 했지만, 과연 죽음 앞에서 초연할 수 있는 사람이 몇이나 될까.

여자는 할머니가 보는 앞에서는 눈물을 흘리지 말자고 맘먹었다. 할머니에게 가슴 따위가 문제가 될까. 살 수만 있다면. 물론 여자도 알고 있다. 지금은 자신의 처지가 나아 보여도 결코 할머니보다 낫다고 할 수 없음을. 몸 안에 자리 잡았던 암이 한 번의 치료로 물러가줄지 아니면 언제 다시 살아나 목숨까지 위협할지는 아무도 몰랐다.

여자는 하늘을 봤다. 새떼가 역삼각형 모양으로 무리지어 날아가고 있었다. 그 중 한 마리는 속도가 버거운지 조금씩 뒤처지더니 이내 무리에서 벗어났다. 무리에서 떨어져 나온 새는 제 속도로 천천히 날았다. 그러나 방향을 바꾸지는 않았다. 여자는 운이 좋아 창 쪽에 배정을 받아 바깥 풍경을 볼 수 있었다.

남자가 돌아왔다. 남자는 딱 한끼 분량의 식사시간만 쓰고 돌아왔다. 기왕 나간 김에 바람도 쏘이고 커피도 한 잔 마시고 오면 좋으련만 남자는 여자만큼이나 고지식하고 요령이 없었다. 그러니 아내가 떠나갔고 아직도 시간강사를 못 면하고 있었다. 그런 남자가 어떻게 여자를 자기 사람으로 만들었는지 여자는 지금도 그게 궁금하다. 여자가 물으면 남자는 그냥 그렇게 될 수밖에 없었다고 그렇게만 얘기했다.

8년 전, 여자의 나이 서른셋이고 남자의 나이 서른여덟일 때 두 사람은 클럽에서 처음 만났다. 늦장가 가는 남자 친구의 결혼 피로연 자리였는데 남자의 친구가 클럽을 통째로 빌려 밤 내 미친 듯 놀았다. 그때 여자가 노래를 불렀다. 콜링 유. 영화 바그다드 카페의 주제곡이었다. 여자는 가수인 제베타 스틸보다 노래를 더 잘 불러 그곳에 있던 모든 사람들의 환호와 박수갈채를 받았다. 그때 여자에게선 사막의 모래바람 같은 황량함이 있었다고 뒤늦게 남자는 회고했다. 그리고 남자는 예감했다고 했다. 사랑이 찾아오겠구나……. 저 여자로 인해 다른 세상이 열리겠구나.

그러나 여자에게 가는 길은 쉽지 않았다. 여자는 단단한 껍질에 싸여 아무 것도 보려 하지 않았다. 더구나 남자는 일찍 결혼을 해서 아내와 자식이 있었다. 남자가 여자에게 가려면 그 흔한 세상의 비난을 감수해야만 했다. 그러나 세상의 질시보다 여자가 봐주지 않는 게 남자는 더 힘들었다. 남자는 이미 그때 부부관계에 균열이 와서 맘붙일 데가 없이 건조한 나날을 보내고 있었다. 여자만이 남자의 일상을 구원해줄 수 있다고 남자는 그렇게 믿었다. 그러는 동안 남자의 아내가 뉴질랜드로 가버렸다. 남자 혼자 남게 되자 비로소 여자는 마음을 열기 시작했다. 한번 마음이 열린 여자는 남자에게 성실했다. 여자에게도 웨딩마치에 대한 꿈이 있었을 텐데 여자는 남자에게 아무것도 요구하지 않았다. 여자는 남자의 아파트로 들어갔다. 그리고, 여자의 생에서 아름다운 시절이었다고 얘기할 수 있는 날들이 흘러갔다.

"자기야, 나 여기 뭐가 만져져."

그게 시작이었다. 잔잔하던 일상에 파문이 일기 시작한

것은.

여자가 샤워를 마치고 나와 소파에 삐뚜름히 누워 TV 를 보고 있던 남자 옆에 앉았다. 뭐가 어떻다고? 남자가 TV에서 눈을 떼지 않은 채 건성으로 받았다. 남자는 마땅히 볼 만한 프로가 없어 이리저리 채널만 돌리다가 케이블 TV에서 하는 유럽리그 개막전에 막 시선을 집중하고 있던 차였다. 여기 뭐가 만져진다고. 여자가 남자의 오른손을 끌어다가 왼쪽 가슴에 댔다. 남자는 TV를 향한 채 손가락으로 무심히 여자의 가슴을 더듬었다. 유두와 겨드랑이 사이로 강낭콩알 같은 멍울이 잡혔다. 어? 그러네. 남자가 고쳐 앉았다. 그리고 한참을 더 가운데 손가락 끝으로 멍울을 감지했다. 별거 아니겠지? 여자가 툭 내뱉었다. 자기도 알지 민정이, 걔도 유방에 뭐가 만져져서 잔뜩 겁먹고 병원 갔는데 섬유선종인가 뭐 그거였다잖아. 요새 그게 아주 흔하대. 여자가 불안을 누르려고 애쓰고 있었다. 남자는 언뜻 해야 할 말이 떠오르지 않았다. 내일 병원 가보자. 그 말밖에는. 맨유팀의 골이 골문을 뚫지 못하고 골대를 맞고 다시 튕겨져 나왔다. 그러나 축구는 더 이상 남자의 신경줄 안으로 들어오지 못했다.

남자는 학과 교수의 세미나에 가려던 애초 계획을 접고

아침 일찍 여자를 데리고 집을 나섰다. 여자는 까짓 병원 혼자 다녀올 테니 세미나에 가라고 몇 번이나 등을 떠밀었다. 이번 세미나는 그냥 세미나가 아니라 학과 교수에게 얼굴 도장을 찍어야 하는 중요한 자리였다. 다음 학기에 있을 교수 임용에서 좋은 점수를 얻으려면 어쨌거나 학과 교수들을 잘 구워삶아놔야 했다.

남자는 후배 강사에게 좀 늦겠다는 전갈만 넣어놓고 아파트 현관문을 나섰다. 엘리베이터가 쨍—하고 7층에서 섰다. 남자는 여자의 손을 잡고 엘리베이터에 올랐다. 그런데 하강해야 할 엘리베이터가 꿍 소리를 내며 움직이지 않았다. 남자와 여자가 놀라 서로 쳐다보았다. 남자와 여자는 잠시 그렇게 아무 말도 못하고 서로의 얼굴만 빤히 바라보고 있었다. 그 사이로 스멀스멀 불안의 기운이 움텄다. 그것은 엘리베이터에 갇히게 될지도 모른다는 불안이 아니라 여자의 가슴에 난 혹이 보내는 전조 같아서였다. 남자와 여자는 말을 아끼며 엘리베이터에서 나와 계단으로 내려갔다. 5층에서 할머니가 손자와 엘리베이터를 타려고 기다리고 있었다. 7층에서 꼼짝을 않던 엘리베이터는 여지없이 5층에서 섰다. 남자와 여자는 할머니를 따라 엘리베이터에 올랐다.

아파트 현관을 나온 여자와 남자는 은행나무 길을 따라 택시 정류장까지 걸었다. 병원은 세 정거장 거리에 있었다.

초음파 검사를 하던 여의사는 모니터에 뜬 검은 덩어리를 한참 들여다보더니 조직검사를 해보자고 했다. 멍울이 있다고 다 조직검사를 하는 건 아니라는 쓸데없는 말까지 덧붙이면서.

병원에서 시간이 지체되는 바람에 남자는 결국 세미나를 포기했다. 교수 임용도 함께.

기관총처럼 생긴 맘모톰이란 기계가 여자의 여린 가슴살을 뚫고 들어가 탕 소리를 내며 조직을 끌어냈다. 그리고 나흘 후에 오라는 아주 객관적인 말만 남기고 의사는 두 사람을 돌려보냈다.

기다리는 동안 여자는 먹지도 자지도 못하고 서성거렸다. 그리고 말도 아꼈다. 여자의 가슴에 생긴 멍울에 대해 얘기하는 순간 그 혹은 재앙이 되어 곁에 머무를 것 같았다. 두려움을 누르며 나흘 동안 여자와 남자가 나눈 말이라곤 구독하던 신문이 기한이 다되었는데 이번엔 무슨 신문으로 바꿔볼까, 하는 것과 남자의 후배가 시간강사라는 이유로 결혼이 깨졌다는 뭐 그 정도가 고작이었다. 남자는 시간강사지만 결혼도 해보고 당신 같이 착한 여자도 옆에 있으니 운이 좋은 놈이라는 말도 슬쩍 덧붙였으나 그 말은 기분을 띄우지 못하고 허공만 맴돌다가 꺼져버렸다.

여자는 남자의 아내와는 달랐다. 여자는 가난한 시간강사를 탓하지도 않았고 남자가 별거 중인 것도 묵인했다. 남자의 아내는 결혼 당시 남자가 교수가 될 거라는 꿈에 부풀어 있었다. 그러나 마흔이 다 되도록 시간강사를 못 벗어나자 진저리를 냈다. 남자의 핸드폰에서 여자에게 보낸 달콤한 메시지를 보고도 화를 내지 않는 아내를 보고 남자는 이제 아내와는 다되었구나 생각했다. 남자는 아내를 놓아주었다. 아내는 아들의 조기 유학이라는 명분을 내걸고 5년 전 홀연히 뉴질랜드로 날아갔다.

여자와 남자가 만나서 보낸 가장 지루하고 힘든 나흘이 지나갔다. 병원으로 가는 길가에는 노란 은행잎이 햇살을 받아 반짝였다. 병원 문턱에는 코스모스도 수줍게 피어 있었다. 두 사람은 병원으로 가는 내내 애써 태연한 척했다.

진료실로 들어서자 의사는 손가락으로 책상 위를 몇 번 탁탁 두드리고는 매우 난감한 얼굴로 암이네요 유방암, 했다. 암덩어리는 이미 임파선으로까지 번져 3기라는 진단이 나왔다. 그 순간 눈앞에 검은 해일이 일며 온몸을 습격당한 것처럼 머릿속이 하얘졌다.

죽는 건 아니죠? 남자는 이런 말을 해놓고 금방 후회했다. 여자 앞에서 감히 죽음을 얘기하다니.

유방암은 예후가 좋아요. 치료 잘 받고 관리만 잘 하면…… . 의사는 거기까지만 말하고는 스르르 꼬리를 감추었다. 자신이 하는 말이 아무런 위안이 되지 않는다는 걸 아는 눈치였다.

가슴을 도려내야 하나요? 여자가 그 한 마디를 던지고 다시 입을 닫았다.

종양이 유선을 타고 넓게 퍼져 있어서 가슴은 불가피하게 완전 절제를 해야만 합니다.

여자의 눈앞에 뿌연 가림막 같은 게 쳐졌다. 의사의 입에서 나온 단어가 하나하나 분절되어 진료실을 떠돌았다. 다발성. 완전. 절제.

남자가 여자를 데리고 진료실을 나왔다. 한동안 먹먹한 심정이 가시지 않았다. 그 심경을 뭐라 말해야 할지 모르겠으나 분명한 건, 여자와 남자 앞에 큰 일이 벌어졌다는 것, 그 일로 인해 안온하던 일상이 큰 소용돌이에 휘말릴 것이라는 거였다. 남자가 몇 걸음 내딛다가 병원 로비에 털썩 주저앉았다. 그런 남자를 부축한 건 오히려 여자였다. 나 괜찮아. 이제 좀 살겠다. 그동안 죽을 맛이었는데. 여자는 암 진단을 받고는 차라리 편안한 얼굴이었다.

여자는 아버지가 돌아가셨다는 전화를 받았을 때에도 이와 비슷한 표정을 지었다. 이상해, 눈물이 안 나와. 아버지가 중환자실에 계실 때 다 쏟아버려서 그런가 봐. 살았다고도 죽었다고도 할 수 없는 일주일. 그 일주일은 정말 지옥이었어, 라고 말하면서 여자는 30분을 그 자리에 못 박은 듯 앉아 있었다.

여자에게 아버지는 아픈 손가락이었다. 일찍 엄마를 여읜 여자를 아버지가 평생 혼자 키웠다. 설 때였다. 폭설로 길이 막혀 세 시간이나 연착된 버스를 여자의 아버지는 그 추운 날 터미널에서 꼬박 기다렸다. 여자가 일행이 있으니 염려 말고 집에 들어가 계시라고 그토록 일러도 밤길 무섭다고 붙박이로 있었다. 그 고집 때문에 남자는 여자를 데려다주러 강릉까지 갔다가 작별 인사도 못하고 모르는 사람처럼 다시 발길을 돌려 새벽차를 탔어야 했다. 여자는 아버지가 다정도 병이라며 툴툴댔지만 남자는 그런 아버지를 둔 여자가 한없이 부러웠다. 그런 아버지에게 여자가 한 유일한 불효가 남자와 사는 거라고 했을 때 남자는 숨이 턱 막혀 아무 말도 못했다.

여자는 항암치료를 먼저 받았다. 대부분 수술을 먼저 하는데 여자는 임파선 전이가 있어 선항암으로 사이즈를 줄여야 한다고 했다.

항암치료를 받는 동안 여자는 입덧하는 임산부마냥 불쑥불쑥 밀려오는 허기에 시달렸다. 어느 날은 양념소갈비가, 어느 날은 굴파전이, 어느 날은 새벽 두 시에 알타리 김치가 먹고 싶다고 남자를 깨웠다. 남자가 구해다주면 여자는 허겁지겁 해치우고는 곧장 다 토해버렸다. 여자는 앉지도 서지도 못한 채 온 집안을 기어 다니며 몸속에 있는 물 한 방울까지 다 토했다. 그리고 사나흘은 머리가 아프다고, 이틀은 발바닥이 아프다고, 어느 날은 손가락이 문틀에 찧어진 듯 저리다고 진통제를 삼켰다. 항암제는 온몸 구석구석을 돌며 여자를 괴롭혔다.

급기야 머리카락도 빠지기 시작했다. 머리카락은 항암주사를 맞고 2주일이 지나자 툭툭 떨어져 내리기 시작했다. 애초에 모근이라는 것이 없었던 듯 머리카락은 손만 대면 툭 하고 떨어졌다. 마치 풀기 없는 풀로 간신히 붙여

놓은 듯했다. 여자는 언제쯤 이런 일이 닥칠까 매일 아침 자고 일어나 머리카락을 당겨보았다. 베개에 머리카락이 한 올만 떨어져 있어도 가슴이 쿵 하고 내려앉았다. 그러면서 혹시나 하는 기대도 가졌다. 그러나 백만 명 중에 한 명 있을까 말까 한 일이 여자에게 일어날 리는 만무했다.

처음 머리카락이 뭉텅 빠지던 날, 여자는 머리카락을 한 움큼 손에 쥐고 남자를 향해 웃었다. 머리 감아야 하는데 어쩌지?

남자가 머리를 밀어주겠다고 했다. 남들도 그렇게 한다면서.

여자는 남자에게 머리를 맡기고 싶지 않았다. 마음껏 울고 싶은데 남자 앞에서 여자는 울음을 참기 위해 거짓 웃음을 웃어야 할 것이었다. 여자는 머리카락이 한 올도 남지 않고 모두 잘려나가는 그 절정의 순간을 누군가의 개입으로 망가뜨리고 싶지 않았다. 슬픔은 어느 극점에 달하면 카타르시스를 몰고 올 것이다.

여자가 머리를 밀고 오겠다며 집을 나섰다. 병원 앞에 있는 가발가게에서는 가발을 맞추는 조건으로 머리를 밀어준다고 했다. 여자는 어느새 그런 정보까지 알아놓고 있었다. 남자가 함께 가주겠다고 했으나 여자는 기어코 혼자

가겠다며 남자를 주저앉혔다. 결정적인 순간엔 늘 모든 걸 혼자 껴안으려는 여자가 남자는 못마땅했다. 여자에게 남자는 아직도 남이었다. 남자는 그게 못내 서운했다.

여자는 나간 지 두 시간 만에 다른 모습으로 돌아왔다. 여자의 긴 퍼머넌트 머리는 온데간데없고 여자의 머리엔 짙은 베이지색 두건이 씌어져 있었다. 남자는 차마 두건을 벗겨볼 수가 없어 마시던 커피 잔을 들고 커피 맛이 왜 이리 쓰냐며 푸념을 했다. 여자가 각설탕 한 개를 집어와 남자의 커피 잔에 넣어주었다. 그리고 두건을 벗으며 배시시 웃었다. 여자는 남자 앞에서 웃기 위해 집에 오기 전 많은 눈물을 흘렸다.

여자의 두상은 동자승의 그것처럼 동글동글 복스러웠다. 머리를 밀지 않았더라면 영원히 모르고 지나쳤을 숨겨진 비밀이었다. 남자는 예쁘다고 말하고 싶은데 소리가 나오지 않았다.

그날, 여자의 화장대에서는 빗이 사라졌다. 머리핀도.

"우리도 강아지나 한 마리 키울까?"

오후 산책에서 돌아온 여자가 뜬금없이 강아지 얘기를 꺼냈다. 여자는 개를 좋아하지 않았다. 개뿐만 아니라 털

달린 짐승은 모두 싫어했다. 여자는 고양이를 보고 길을 돌아갔고 새를 보고도 놀랐다. 그랬던 여자가 개를 키우자고 하니, 남자는 혹 여자가 유방 수술을 앞두고 남들이 겪는다는 우울증이 오는 건 아닌가 덜컥 겁이 났다. 남자가 왜 갑자기 개가 키우고 싶어졌냐고 얼버무리자 여자는 그냥, 이라고만 대답했다. 여자는 산책길에 공원에서 본 푸들 세 마리를 머리에 담아온 듯했다. 할머니와 함께 산책 나온 푸들 세 마리 중 유독 갈색 털을 가진 놈이 여자를 따랐었다. 여자는 벤치에 앉아 목줄을 한 푸들의 등을 한참이나 쓸어주었다. 등을 어루만질 때 여자의 팔목에 있는 금팔찌가 햇빛을 받아 반짝반짝 빛났다. 남자는 그런 모습을 보다가 문득 여자가 자신이 생각하고 있는 것보다 훨씬 더 힘든 시간을 견디고 있는 건 아닌가 하는 생각을 했다. 강아지를 키울 생각까지 했다면 힘든 게 분명하다.

그러나 남자는 개를 키우자는 말을 선뜻 들어줄 수 없었다. 생명을 거두는 일은 수고로움과 번거로움이 동반되어야 했다. 싫증을 잘 내는 여자는 얼마 못가 못 키우겠다고 할 게 뻔했다. 화초도 여자의 손에 오면 한 철을 넘기지 못했다.

그러나 남자는 슬며시 방으로 들어가 인터넷 검색어에

애완견 분양, 이라고 친다.

여자가 남자에게 수술을 하느라 벗어두었던 두건을 씌워달라고 했다. 여자는 문 쪽에 새로 입원한 젊은 환자가 계속 신경이 쓰였다. 그녀는 울고 있었다. 울음소리는 점점 커지다가 작아지기도 하고 또 작아졌다가 커지곤 했다. 젊음 때문에 암을 인정하고 받아들이는 건 더 쉽지 않을 것이다.

여자는 유난히 찰랑거리는 그녀의 단발머리가 자꾸만 마음이 쓰였다. 지나고 나서 보니 머리카락쯤은 대수롭지 않으나 처음 겪는 사람에겐 큰 난관이었다. 여자는 자신의 민둥 머리가 단발머리 그녀를 더 자극할까 봐 남자에게 두건을 씌워달라고 했다.

그녀의 나이는 여자가 생각했던 서른에서도 두 살이 더 빠지는 스물여덟이었다. 스물여덟. 한창 꿈 꿀 나이다. 그 나이에 여자는 우체국에 있었다. 하루 종일 창구에 앉아 우편물에 소인을 찍고 우표를 붙였다. 여자의 꿈은 가수였으나 가수가 되는 법을 몰라 포기했다. 단발머리에게도 꿈이 있을 텐데. 결혼도 하고 아이도 낳아야 할 텐데. 여자는 단발머리가 진심으로 걱정되었다. 단발머리는 일주일

전 유방암 진단을 받고 내일 수술을 앞두고 있었다. 일주일 밖에 되지 않았다면 아직 울어야 할 날이 많이 남았다. 처음 암 선고를 받고 여자도 울었다. 첫날은 멍한 기분이 들어 눈물도 나오지 않았다. 차츰 현실로 다가왔을 때 눈물은 시도 때도 없이 쏟아졌다. 눈물이 마를 때쯤 암은 여자가 평생 껴안고 가야하는 몸의 일부라는 자각이 왔다.

도무지 그칠 것 같지 않던 단발머리의 울음소리가 사그라지고 그녀는 일어나 앉아 손거울을 들여다보았다. 그녀가 우는 동안 아무도 그녀를 달래지 않았다. 이 병실에서 그녀를 위로할 수 있는 사람은 없다. 그녀가 우는 내내 그녀의 침대 주변을 맴돌던 맞은편 환자 역시 2년 만에 재발되어 다시 항암치료를 받고 있는 중이었다. 재발된 중증 환자가 초기 환자를 위로하는 건 아무래도 이상해 보였다.

병실로 건장한 청년 하나가 들어섰다. 그 청년은 단발머리에게로 갔다. 애인인 듯했다. 단발머리의 표정이 금세 밝아졌다. 그녀가 웃을 수 있게 그 청년이 오래 머물렀으면 좋겠다고 여자는 생각했다.

여자는 남자를 보았다. 남자는 멍하니 TV에 시선을 두고 있었다. TV에서는 지나간 연속극이 재방송되고 있었다. 남자는 드라마를 좋아하지 않았다. 여자가 드라마를 보고 있으면 남자는 슬그머니 일어나 방으로 들어가 버렸다.

남자가 무료한지 고개를 뒤로 젖히고 창밖을 본다. 하늘은 구름 한 점 없이 맑다. 지금은 왠지 푸른 하늘이 더 서럽다. 남자의 뒷목 위 귀 언저리로 흰 머리가 많이 늘어난 게 보였다. 남자가 없었더라면 이 시간들을 어떻게 견뎠을까, 생각만 해도 가슴이 먹먹해져왔다. 어떻게든 시간은 갔겠지만 그 시간들이 얼마나 잔혹했을지 여자는 안다. 처음 암 선고를 받던 날, 집으로 돌아온 남자는 소주 한 병을 다 마시고 꺼이꺼이 소리 내어 울었다. 이제부터 자기가 뭘 어떻게 해야 하느냐며 여자를 붙들고 울었다. 여자는 너무너무 무서워 제발 곁에만 있어달라고 말하고 싶었다. 여자에겐 가족이 절실했다. 자신을 위해 진정으로 울어줄 수 있는 가족이. 그게 남자였으면 했다. 그러나 하지 못했다. 그게 남자에게 얼마나 큰 족쇄가 될지 여자는 알고 있었다. 남자의 호적엔 엄연히 다른 여자의 이름과 자식이 있었다. 지금은 연락도 되지 않지만 그 호적이 갖는 권한이 남자와 함께 산 5년의 세월보다 더 크다는 걸 여자는 알고 있다.

드라마가 끝나고 광고가 나왔다. 암보험에 관한 광고가

장황하게 흘러나왔다. 요즘 부쩍 암보험에 관한 광고가 자주 나왔다. 실비보험 하나 들어놓지 못한 여자에게 암보험광고는 무척이나 거슬렸다. 때마침 누군가 채널을 돌렸다. 골프 경기가 중계되고 있었다. 그때 단발머리를 방문한 남자가 일어나 가림막을 쳤다. 둘만의 시간을 방해받고 싶지 않은 모양이라고 여자는 생각했다.

여자도 휘장을 치고 지쳐 있는 남자를 쉬게 해주고 싶었다. 그러나 사람들 눈 때문에 하지 못했다. 여자도 당당하고 싶다. 사람들 눈으로부터 자유롭고 싶다. 그러나 혼인신고가 되어 있지 않다는 이유로 여자는 늘 위축되어 있었다.

남자가 속이 출출한지 사물함에서 바나나를 꺼내 먹는다. 먹고 난 껍질은 종이에 싸서 쓰레기통에 넣고 어수선한 주변도 정리한다.

여자의 병이 남자를 참 많이 바꾸어놓았다. 전에 남자는 집안일 같은 건 관심이 없었다. 부엌일 같은 건 더더욱 젬병이었다. 남자는 여자가 없으면 냉장고에 있는 김치도 찾지 못해 라면을 김치 없이 먹었다. 언젠가 여자가 심한 독감에 걸렸을 때에도 여자에게 먹일 죽을 끓이러 주방에 갔다가 쌀을 찾지 못해 결국은 여자 손으로 다 했다. 그런데 지금 남자는 잡곡밥도 잘 짓고 찬장 깊숙이 있는 양념 통도 아주 익숙하게 꺼낸다. 달라진 건 그뿐만이 아니다. 남자는 이번 학기까지만 하고 강사 일도 그만두겠다고 했다. 마흔이 넘어 오십을 바라보는 나이에 시간강사는 더 이상 구차해서 못 하겠다고, 되도 않는 교수에 목메고 있는 것도 못할 짓이라고 엉뚱한 핑계를 댔지만 여자 때문이란 걸 안다. 남자는 아내와 자식을 떠나보내면서까지도 자기 학문에 대한 고집을 굽히지 않던 사람이다. 그리고 아파트도 팔 계획이다. 겉으로는 맑은 공기 운운하며 시골살이를 얘기했지만 서울의 아파트를 팔아야 당장 먹고살 게 있었다.

통증 때문인지 여자가 간간이 이맛살을 찌푸렸다. 남자는 퇴원하면 곧장 시골집을 알아보겠다며 여자의 신경을 다른 데로 돌렸다.

여자는 시골집을 좋아했다. 황토집을 짓고 마당에 불을 놓아 고구마를 구워먹는 얘기를 하면 여자는 어린아이처럼 들뜨며 좋아했다.

남자는 시골로 가면 여자가 자기 방을 따로 만들어달라고 한 약속을 들어줄 생각이다. 여자의 방에 책상을 놓고 디지털 피아노도 어쿠스틱으로 바꾸어줄 생각이다. 아파트에서는 침실과 나머지 한 칸을 서재로 쓰는 바람에 여자의 방이 없었다. 여자는 자기 방이 없는 작은 아파트에 갇혀 지내며 매우 갑갑해했다. 처음 아파트를 얻어 여자와 같이 살자고 했을 때에도 여자는 작은 집 두 개를 나란히 얻어 따로 살자 했었다. 그런 여자를 달래느라 남자는 무진 애를 먹었다. 시골집에 침대는 필요 없겠다. 황토방이니까. 욕실엔 목욕탕을 갈 수 없는 여자를 위해 예쁜 욕조를 놓고 알몸을 볼 수 없도록 거울은 달지 않을 생각이다.

이 모든 일들이 즐거운 꿈처럼 생각되다가도 한편으론 무거운 짐으로 가슴을 짓눌렀다. 남자는 한쪽 가슴 없이 살아갈 여자가 너무 가여웠다. 아직은 충분히 여자로서 아름다울 나이였다. 남자는 여자의 손을 잡았다. 여자의 손은 자그마해 남자의 손 안에 다 들어왔다.

여자는 수술을 앞두고 극도로 예민한 반응을 보였었다. 가슴이 잘려나가는 데 대한 공포였다. 여자는 항암치료가 끝나가면서 수술 날짜가 다가오자 마지막 항암 주사를 맞지 않겠다고 버텼다. 내 꼴을 봐. 이게 사람 꼴이야? 눈썹도 없는데 얼굴은 찐빵처럼 부풀어 올랐어. 손톱은 시커멓게 변하고 입안도 다 덧나 음식을 삼킬 수가 없어. 발바닥이 아파서 디딜 수가 없단 말야. 자다가 누가 내 등을 칼

끝으로 쿡쿡 찌르는 것 같아. 그뿐인 줄 알아? 맛도 냄새도 못 맡아. 이러다간 정말…….. 여자는 깊은 밤에도 잠들지 못하고 일어나 앉아 한바탕씩 퍼부어대곤 했다.

그럴 수 있었다. 남자는 손가락 하나가 잘려 자살까지 한 어떤 사람을 알고 있다. 여자도 그럴 수 있는 사람이다. 여자의 가슴을 예쁘다 칭찬했던 게 수술을 앞둔 여자에게는 오히려 상처가 된 듯해 뒤늦게 후회가 됐다. 남자는 불안에 떨고 있는 여자를 등 뒤에서 가만히 끌어안았다. 괜찮아. 아마존의 여전사는 활쏘기 편하도록 오른쪽 가슴을 일부러 도려냈대. 가슴은 그냥 몸의 일부일 뿐이야. 그걸 잃는다고 달라질 건 없어.

여자는 말이 없다. 그 어떤 말도 위안이 되지 못할 거라는 걸 남자는 알고 있다. 남자는 여자의 오른쪽 가슴을 어루만졌다. 손 안에 넣고 유두를 살살 만져주자 아래에 금방 물이 촉촉하게 고여 왔다. 봐, 한쪽 가슴만으로도 문제없잖아. 남자는 여자의 기분을 살피며 최대한 부드럽게 말했다. 자기야 나 수술하지 말까? 여자는 아직도 수술에 대해 마음이 열리지 않는 모양이었다. 무슨 소리야? 남자가 벌떡 일어나 앉아 소리를 질렀다. 수술은 예정된 수순이야. 그깟 가슴이 뭐라고 그래? 남자는 여자를 안심시키는 긴 섹스를 했다. 그러나 여자의 몸은 더 이상 더워지지 않았다.

"팔찌하고 계셔야 해요. 입원해 있는 동안 빼시면 안 돼요."

간호사가 지나가다가 여자의 빈 팔목을 보고 지적했다.

여자의 손을 닦아주느라 잠시 빼놓았던 팔찌를 남자가 다시 채워주었다. 2045XXXX. 여자의 팔찌에 새겨진 번호였다. 암 진단을 받던 날, 여자는 병원으로부터 이 번호를 부여받았다.

남자는 여자의 가는 팔목에 채워진 푸른 색 팔찌를 내려다보았다. 여자는 이제 수갑과도 같은 이 팔찌를 평생 지니고 살아야 할 것이다.

남자는 호주머니에 있는 금팔찌를 만지작거렸다. 입원 전날까지 여자가 차고 있던 팔찌였다. 여자는 집을 나서면서 금팔찌를 빼고 병원에서 주는 비닐 팔찌를 찼다. 이거, 자기가 갖고 있어라. 수술 보따리를 챙기다 말고 여자가 금팔찌를 빼서 남자에게 내밀었다. 이불을 싸던 남자의 눈이 휘둥그레 커졌다. 나한테 별로 필요 없는 물건 같아서 그래. 팔아서 수술비 해. 여자의 표정은 담담했다. 무슨 소리야? 수술비 없을까 봐 그래? 그 정도는 있어. 남자가 펄쩍 뛰었다. 여자의 팔찌는 아버지의 유품이었다. 그래도 자기가 갖고 있어. 당장은 아니지만 언젠가 이 팔찌를 팔아야 할 날이 올 거야. 내가 줄 건 이거밖에 없네. 여자가 물러설 것 같지 않았다. 남자는 받았다. 누구 손에 있건 그건 그다지 중요하지 않았다. 팔지 않으면 그만이었다. 지금은 수술을 앞두고 있는 여자를 안심시키는 게 우선이었다. 남자는 금팔찌를 만지작거리던 주머니에서 손을 빼고 여자의 손목에 있는 비닐 팔찌를 내려다보았다. 푸른 팔찌에 새겨진 번호가 빛을 받아 반짝거렸다.

"어머나, 꽃이 피었어요!"
단발머리 맞은편 환자의 딸이 창 쪽으로 오더니 창가에 놓아둔 난 화분을 보며 탄성을 질렀다. 병실에 있던 사람들의 시선이 일제히 소리나는 쪽을 향했다. 몇몇 사람은 직접 다가오기도 했다.
"정말 그러네요, 신기해요, 어제까지만 해도 없었는데, 잎이 말라서 죽은 줄 알았어요."
여기저기서 저마다 한마디씩 해댔다. 유서를 써놓았다던 그 할머니도 신기한지 오래도록 그 꽃을 들여다보았다.

여자는 수술을 마치고 이 방에 들어설 때부터 그 꽃을 보았다. 여자는 그게 그냥 으레 있던 것인 줄로만 알았다. 그런데 그게 아닌 모양이었다.

이 난 화분은 벌써 오래 전 이방에 입원했던 말기 암 환자가 두고 간 것이라 했다. 주인이 언제 찾으러 올지 몰라 버리지도 못하고 계속 창가에 놓아둔 모양이었다. 아무도 돌보는 사람이 없는 동안 난은 볼품없이 찌그러져 갔다. 그런데 죽은 줄로만 알았던 난이 하얀 꽃을 피워내고 있었다. 무관심 속에서도 난은 질기게 살아남았던 것이다.

여자는 비로소 가슴을 열어볼 용기가 생겼다. 여자는 남자에게 휘장을 쳐달라고 하고, 잠시 나가달라고도 했다. 남자의 얼굴이 의구심으로 가득 찼으나 아무것도 묻지 않고 병실을 나갔다. 남자의 등을 보며 여자는 그냥 둘 걸 그랬나 잠시 생각했지만 나가는 남자를 잡지 않았다.

여자는 가슴에 손을 얹었다. 그리고 깊은 숨을 한 번 내쉬었다. 괜찮아. 괜찮아. 여자는 주문을 외웠다.

여자는 환자복의 단추를 풀었다. 가슴은 압박 브래지어 안에 꼭꼭 싸여 있었다. 여자는 천천히 압박 브래지어의 지퍼를 풀었다. 여자의 팔목에 있는 비닐팔찌가 가늘게 떨렸다.

우리 염소

우리 염소

　얌세이들이 마커 워데로 갔재? 마당에서 아내의 구시렁
거리는 소리가 들렸다. 장에 갔다가 돌아온 모양이다. 나
는 내다보고 대꾸를 할까 하다가 그만두고 하던 화투점이
나 계속 보았다. 아내와 말을 섞어봤자 좋을 게 없었다.
더구나 지금은 무거운 짐 지고 혼자 장에 다녀오느라 퉁퉁
부어있을 터였다. 가지고 간 푸성귀들을 헐값에 넘기고 왔
다면 더 그럴 것이었다. 나는 마지막 화투패를 뒤집었다.
단풍 열이 나왔다. 오늘은 화투점도 영 신통치가 않다. 홍
싸리나 오동 같은 게 떨어져야 그 재수 바람에 하루가 수
월하게 넘어가주는데 오늘은 보는 족족 꽝이거나 기껏해
야 사쿠라나 단풍 정도밖에 떨어지지 않았다. 나는 화투점
도 시들해져서 담배를 한 대 붙여 물었다. 오늘따라 바짓
단에 난 담뱃불 구멍이 유독 커 보인다. 아내는 뭐가 못마

땅한지 마당에선 계속 구시렁대는 소리가 들려왔다. 또 염소가 말썽인 모양인데, 염소를 가지고 골치를 앓은 일이 하루 이틀이 아니라서 나는 자리도 피할 겸 마을회관에 나가서 장기나 두려고 발치에 있던 군용 담요를 두어 번 툭툭 접어 한쪽으로 밀어놓고 담뱃불을 비벼 껐다. 그리고 막 일어서려는데 미닫이 방문이 와락 열리며 아내가 얼굴을 쑥 들이밀었다.

"아니 이누무 종재는 방구석에 처박혀 있으민서 내다보지도 않고! 염소르 마커 우쨌싸?"

"염소르 우째다니 그기 먼 말이나?"

그제서야 나는 아내의 호들갑에 뭔가 이유가 있었겠다 싶어 바깥을 내다보았다. 염소가 있던 자리가 휑하니 비어 있었다. 나는 놀라 목발도 짚지 않은 채 고무신만 꿰신고 나와 염소를 매어두던 곳으로 가보았다. 가보나 마나 염소가 있던 자리는 내방에서도 훤히 다 보이니 가본다고 뭐 뾰족한 수가 있을 건 없었다. 어쨌거나 내가 집에 있을 때 염소가 없어졌으니 무슨 궁색한 변명이라도 해야겠기에 움직거려봤으나 나로서도 갑자기 당한 일이라 황당하긴 아내 못지않았다. 가까이 가보니 염소를 매어놓던 쇠말뚝은 그대로 박혀 있었다. 손으로 잡고 흔들어봐도 꿈쩍도

안 했다. 염소가 제 발로 나간 건 아니라는 얘기였다. 내가 다리병신인 걸 아는 누군가가 아내가 장에 간 틈을 타염소를 훔쳐간 것 같았다. 아내는 집도 안 보고 아침부터어딜 싸돌아다녔냐고 다그쳐댔다. 나는 아무데도 가지 않았다. 실은 화투점을 보기 전에 잠깐 졸기는 했었다. 그러나 이 마당에 잤다고 고해바칠 수는 없었다.

"개 짖는 소리도 못들었쑤? 머이 마당에 들어와 염소르 훔채갔으믄 개라도 짖었을 끼 아이요?"

그러고 보니 잠결에 개 짖는 소리가 났었던 같기도 했다. 그러나 워낙 단잠이었고 개야 지나가는 사람 보고도 짖어대곤 했으니 문 열고 내다 볼 만큼 별스러운 게 아니었다.

"어이구, 집에 도둑이 들어도 모르고 처자빠져서……. 산 송장이 따로 읎지. 내가 저 한심한 화상으 믿고 여적지 살았으니……. 아이고 먼누무 팔자가 이 모네이나."

아내는 마당에 털썩 주저앉더니 신세타령을 늘어놓았다. 금방 장봐온 검은 비닐봉지 네댓 개가 태양에 지글거리며 아내 등 뒤에 옹색하게 놓여 있었다.

나는 마당을 기웃거리는 걸 그만두고 회화나무 밑 평상에 앉았다. 마당이래야 앞집 최가네 정원처럼 넓어야 말이지 손바닥만 한 델 자꾸 어정거리며 살펴봐야 꼴만 더 사나워질 뿐이었다. 나는 아내의 시선을 피하며 그늘이 진 곳으로 옮겨 앉았다. 여름이 절정인 회화나무는 나뭇잎이 무성해져서 제법 그늘 노릇을 톡톡히 했다. 새삼 나무의 고마움을 느끼고 있는데 바닥에 앉아 넋두리를 늘어놓던 아내가 무슨 생각이 났는지 벌떡 일어나더니 내 옆으로 바싹 다가와 앉았다.

"당신 혹시……?"

아내가 코 밑에 얼굴을 바싹 들이댔다. 나는 그런 아내가 징그러워 저만치 물러났다. 아내는 대뜸 염소를 팔아먹고 시침 뚝 떼고 있는 게 아니냐며 몰아붙였다. 나는 어이가 없어 아예 말을 말았다.

"팔아먹었씨믄 팔아먹었다고 해요. 내 눈감아 줄 테니."

"아 아이라니깐!"

나를 염소 도둑으로 모는 아내가 기가 막혀 나는 소리를 냅다 질렀다. 허구한 날 염소를 놓고 말썽을 빚을 땐 저놈의 염소 모가지를 비틀어 죽이거나 어디 가서 콱 뒈졌으면 좋겠다고 생각한 적도 많았지만, 아내가 염소를 애지중지하는 것도 다 먹고살자고 하는 짓이려니 싶어 꾹꾹 누르며 참아왔다. 그런데 나를 염소 도둑으로 모는데서야 가만있을 수가 없었다. 실상 나는 염소 털끝 하나 자르지 못하는 겁쟁이였다. 평생을 겪고도 제 서방을 이리도 모르나 싶어 나는 부아가 치밀어 염소가 어디 먼 데로 달아나버렸으면 하는 마음도 들었다.

물론 아내가 저러는 데는 이유가 없진 않다. 몇 해 전 나는 아내 몰래 염소를 팔아먹은 적이 있었다. 그러나 그건 순전히 아내를 위해서였다. 맹장이 터져 복막염이 된 아내의 수술비 마련을 위해서는 어쩔 수 없는 노릇이었다. 그 돈의 일부가 건넌 마을 필순이년을 좀 어찌 해볼 심사로 금붙이를 사는데 쓰였다가 들통이 나는 바람에 다 게워내기도 했지만, 어쨌거나 내가 염소 판 덕에 저렇듯 버젓이 살아 날뛰면서도 아내는 그저 나를 기집질이나 하기 위해 염소를 팔아먹은 못된 놈으로만 보았다.

아니라는 내말이 떨어지자마자 아내는 그 길로 염소를 찾겠다고 집을 나섰다. 작정하고 훔쳐갔다면 도둑을 잡기란 쉽지 않을 것이다. 그러나 아내를 말릴 수는 없었다. 말린다고 들을 아내도 아니지만 말려봤댔자 간도 쓸개도 없는 빙충이같은 못난 서방이라고 옴팡지게 욕만 얻어먹을 판이었다. 사실 염소가 없어진 거야 뭐 저만 속상한가? 아깝기는 나도 마찬가지였다. 삼복더위가 다 지나도록 병든 닭 한 마리 못 잡아먹은 신세니 그 살 오른 통통한 염소가 눈앞에서 아른거리긴 아내보다 내가 더했다. 이럴 줄 알았으면 제일 큰 놈으로다 한 마리 잡아 몸보신이라도 할걸 그랬다. 그랬으면 여름내 빠진 기도 보충하고 올 겨울 추위 걱정은 안 해도 될 것 아닌가. 요즘은 염소 값도 올라 킬로당 7천은 족히 받을 테니 세 마리를 내다 팔면 돈 백 가까이 챙길 판이었다. 이래저래 속상했다. 그러니 아내는 오죽했겠는가. 아내의 머릿속에서는 염소를 놓고 더 많은 계산이 오고갔을 것이다. 고구마니 깻잎이니 부추니 하는 그깟 푸성귀 내다 팔아봐야 염소 사료값도 안 나올 테고 그나마 번 돈은 미처 만져보기도 전에 세제니 양말이니 쌀이니 하는 생필품을 사는 데 고스란히 바쳐졌을 것이니 유일하게 목돈을 챙길 수 있는 염소가 어찌 아깝지 않겠는가. 더구나 이제 아내가 기댈 데는 염소밖에 없었다. 아내는 염소를 잘 키워 값을 제대로 쳐서 받아 큰아들의 학비를 대야 했다. 지난해 크게 벌인 배추 농사는 냉해로 작황이 좋지 않아 빚만 늘고, 올해는 텃밭 농사나 지을까 해서 호박고구마를 심었는데 그야말로 소규모다 보니 입에 풀칠이나 할 정도여서 감히 목돈은 생각도 못 했다. 그러니까 염소는 아내에게 이 볕들 날 없는 농촌 살림에 한 가닥 꿈이었던 것이다. 염소 따위에 꿈을 싣고 사는 아내가 어이없기도 하고 하찮아 보이기도 했지만 말릴 여지는 없었다. 사정이 그렇다 보니 아내에게 염소는 큰아들 대신이기도 했다. 그래선가, 아내는 큰아들이 보고 싶을 때 유독 염소 곁을 오래 지켰다. 그런 염소를 도둑맞았으니……. 화투점에 단풍이 자주 떨어지더니 염소를 도둑맞으려고 그랬나 싶은 생각이 자꾸만 들었다. 단풍은 근심걱정이라고 했다. 좋은 점괘는 잘 안 맞으면서도 나쁜 점괘는 꼭 들어맞으니 낭패였다. 나는 은연중 화투점을 염두에 두고 있는 게 한심스러워 생각을 떨쳐버리기 위해 하늘을 올려다봤다. 막바지 여름이 기승을 부리느라 태양은 뜨겁고 공기는 텁텁했다. 염소 세 마리가 노닐 때는 꽉 차 보이던 마당이 텅 비고 나니 한없이 넓어 보였다. 매일 보이던 것이 안 보이면 허전해야 마땅할 텐데 나는 왠지 시원한 맘이 컸다. 염소만 없다면 아내에게 내몰리듯 살던 지금까지의 생활은 좀 달라질 수도 있을 것이다. 염소만 없다면 아내가 내게 시킬 일도 싸울 일도 훨씬 줄어들 것이었다. 나는 이참에 염소가 아주 멀리 가버렸으면 하는 마음이 자꾸만 들었다.

나는 아내가 아무렇게나 던져놓고 간 장 보따리들을 정

돈하기 위해 평상에서 일어났다. 가루비누며 마른 김이며 멸치 같은 생필품과 먹거리들이 여러 개의 비닐봉지에 나뉘어 담겨 있었다. 나는 그것들을 제자리로 옮기려다 몰캉하는 손 느낌에 검은 비닐봉지 안을 들여다보았다. 고등어 한 마리가 축 늘어진 채 들어 있었다. 아니 이 여편네가 생선을 뙤약볕에 버려두고, 하는 잔소리가 목구멍까지 올라오다가 쑥 들어갔다. 큰놈도 없는데 내게 비린 것 먹이겠다고 어물전을 들렀을 아내의 얼굴이 떠올라서였다. 나는 고등어를 씻어 냉장고에 넣고 김과 멸치는 선반에 올려놓았다. 점심때가 지나고 있는지 속이 출출했다. 아내가 염소를 찾아 몰고 들어온다면 모를까 아내에게 점심 얻어먹기는 글렀다. 뭐라도 요기 거리가 있나 싶어 살펴보니 부뚜막에 감자 쪄놓은 소쿠리가 있었다.

나는 소쿠리를 들고 나와 평상에 다시 앉았다. 식은 감자는 맛도 밍밍하고 목구멍에 걸려 잘 넘어가지 않았다. 소금이나 물이 있어야겠다 싶어 막 일어서려는데 아내가 돌아왔다. 아내는 빈손이었다. 당연히 빈손이어야 했다. 어떤 어수룩한 도둑이 맘먹고 훔쳐간 염소를 아내 눈에 띄게 갈무리를 했겠는가. 아내는 염소를 찾아 헤매다가 더위에 지쳐 돌아온 듯했다. 말복이 지났다고는 하나 찜통더위가 누그러들지 않아 한낮에 마을을 헤집고 다니는 게 쉽지는 않았을 것이다.

"염병할 놈의 날씨, 아예 사람을 잡는구먼 잡아!"

아내는 수돗물 한 바가지를 벌컥 벌컥 들이키고는 평상에 앉더니 치마를 훌러덩 걷었다. 아내의 허연 허벅지 속살이 날것 그대로 드러났다. 나이가 들었으나 허벅지의 탄력은 예전 그대로였다. 어이없게도 그 순간 피가 가운데로 확 쏠렸다. 나는 어느새 아내를 엎어놓고 혼자만의 질펀한 정사 속으로 빠져들었다. 나는 다짜고짜 치마 밑으로 바로 기습해 들어갔다. 내가 움직일 때마다 아내에게서 암고양이 울음소리가 났다. 나는 신이나 더 거칠게 들어갔다. 아내는 죽겠다고 아우성이었다. 후닥닥 하는 소리에 정신을 차리고 보니 개가 콧잔등에 앉은 파리를 쫓느라 몸을 뒤채는 중이었다. 나는 조금 객쩍어져 감자를 집어 한입 베어물었다. 아내는 냉수로도 진정이 안되는지 치마를 부채삼아 펄럭펄럭거렸다. 치마가 들썩일 때마다 낡은 속곳이 보일락말락 했다. 나는 아내를 놓고 선술집 작부 대하듯 엉뚱한 상상을 하는 게 마땅찮아 얼른 시선을 거두고 감자한 개를 집어 아내에게 건넸다. 들어올 때의 기세로 봐서는 감자를 받아 내 낯짝을 향해 던질 것 같았으나 아내는 감자를 순순히 받았다.

"아무래도 그놈들이 수상하단 말야."

아내는 밖에서 뭔가를 보고 온 듯했다. 나는 우리 염소를 훔쳐간 놈들을 보았느냐고 물었다. 아내는 아랑곳없이 고개만 갸웃하며 혼자만의 생각에 빠져 있었다. 나는 더 묻지 않았다. 뭔가가 있었다면 제풀에 술술 털어놓을 것이었다. 아내는 속에 잘 담고 있질 못했다.

"여보, 저 아래 다리 밑 개울가에서 장제이 서넛이 염소르 잡아서 꼬먹고 있는데 그기 아무래도 우리 염소 같단 말이지."

아내는 손에 들었던 감자를 다시 소쿠리에 놓았다. 나는 가서 따져보지 바보같이 그냥 왔느냐고 나무라려다가 그만뒀다. 세상 천지에 훔친 염소라고 순순히 자백할 놈이 어디 있을까. 더구나 요즘은 수입소고기 때문에 한우 값이 치솟자 염소고기에 눈독 들인 도둑들이 점점 더 약아져 괜히 잘못 덤벼들었다간 큰 코 다치기 십상이었다. 윗마을에서는 CCTV까지 설치하고도 흑염소 삼십 마리를 감쪽같이 도둑맞았다고 하지 않는가.

"나르 꼭 미친년 취급하듯이 보이 거따 대고 자꾸 물어볼 수도 읎꼬. 털으 홀라당 벳겼으니 우리낀지 머이 알아볼 수도 읎꼬."

아내는 계속 혼잣소리만 해댔다.

"이 마을에 염소 키우는 집이 워데 한둘이나? 괜한 망
신살 뻗치기 전에 이제 그만 잊어뿌레. 그깟 염소."

"뭐이? 그깟 염소?"

아내가 벌떡 일어나며 소리를 꽥 내질렀다. 그 소리에
놀라 나는 그만 감자를 놓치고 말았다. 감자가 다리를 타
고 평상 밑으로 또르르 굴러갔다. 그동안 염소 세 마리에
들어간 사료값과 정성이 얼만데 그렇게 쉽게 얘기하냐며
아내는 매섭게 쏘아붙였다. 염소 세 마리를 몽땅 도둑맞은
게 아무래도 기가 막힌 모양이었다. 그런 아내를 보니 내
가 좀 뻔뻔했다는 생각이 들었다. 아내 덕에 밥술이나 뜨
면서 그 속을 너무 몰라주고 있었던 것이다. 아내도 그런
내가 야속해 버럭 화를 냈을 것이다. 제기랄, 나는 뭐 염
소 아까운 거 모르는 사람인가. 딴은 위로하려고 한 말이
었다.

그런데 희한한 것이 나도 염소가 없어져 아깝기는 한
데, 왠지 앓던 이 빠진 것 마냥 시원한 맘이 자꾸만 들었
다. 먹이를 제때 안 준다고 잔소리, 사료를 너무 먹인다고
한 퉁바리, 변을 빨리 안 치운다고 닦달, 거기다 마당에

풀어놓은 날엔 집밖으로 뛰쳐나가는 염소를 쫓아 진땀을 뺀 일도 한 두 번이 아니었으니. 그뿐인가. 사나흘에 한 번씩은 절뚝거리는 다리로 숲으로 몰고 나가 풀도 뜯기고 와야 했다. 이젠 그런 성화에서 벗어날 판이니 그깟 염소 값 돈 백만 원이 대수겠는가.

"당신은 도대체 집에서 머르 하고 있었쑤? 염소르 마커 도둑맞는 것도 모르고."

아내는 아무래도 염소를 도둑맞은 게 내 탓이라 여겨지는지 내내 그 타령이었다. 차라리 내가 팔아먹었다고 해버릴까? 그러면 아내의 속이 덜 상할까? 그러면 아내는 또 염소 판 돈을 내놓으라고 강짜를 부릴 판이었다. 내가 돈이 어딨다고. 염소를 팔아먹었어도 도둑맞았다고 해야 할 이 판국에 그럴 수는 없었다.

"그래게 내가 거 한 마리 해치우재도 여적지 말으 안 듣더니. 잡아먹기라도 했으믄 이럴 때 속이라도 덜 상할 끼 아니나."

언감생심 씨도 안 먹힐 얘기라는 걸 알면서도 나는 내 탓으로만 모는 아내에게 슬쩍 빈정이 상해 한마디했다. 아내는 그 귀하디 귀한 큰아들이 다녀갔을 때도 염소를 잡지 않았다. 온전히 큰 놈 앞으로만 가야할 염소가 나와 작은 놈에게도 떨어지는 꼴을 보지 못해서다.

"머, 염소르 우째? 어이구 이 화상아, 지금 그게 할 소리나, 가뜩이나 열이 뻗체 죽겠구마는. 아무래도 안 되겠어. 다시 나가 찾아봐야지."

아내는 벌떡 일어나 다시 마당을 휘젓고 나갔다. 그런데 나가던 아내가 다시 들어오더니 함께 찾으러 가자며 내 팔을 잡아끌었다. 나는 싫다며 아내를 빌쳐냈다. 아내는 잡아끌고 나는 밀어내는 실랑이가 한동안 계속되었다. 아무리 해도 내가 따라나설 것 같지 않자 아내는 화닥증이 나는지 마루로 올라가더니 수화기를 집어 들었다.

"야야, 두식아 니 집에 좀 댕게가야겠다."

"직장일로 바쁜 아르 왜서 불러 내리고 그러나, 먼 큰일이 났다고?"

나는 걸핏하면 둘째에게 전화를 걸어대는 아내가 못마땅해 한소리했다. 그러나 말려도 소용없었다.

"글쎄 염소르 도둑맞았지 머이나…… 어쩌다가는, 다니 아버지가 칠칠치 못해 그렇지 머."

아내는 내게 단단히 화가 났는지 대놓고 흉을 보았다.

"거 에미가 좀 오라믄 오지 뭔 말이 그러 많나? 알았다 끊자."

두식이에게 무슨 소리를 들었는지 아내는 수화기를 탕 내려놓고 곧바로 문을 박차고 나가버렸다. 나는 그런 아내가 마땅찮았다. 맛있고 좋은 건 다 첫째 원식이에게 주고 빚까지 내어 사립대학까지 보냈으면서 궂은일엔 늘 둘째 두식이만 불러들였다. 할 줄 아는 거라고는 공부밖에 없는 놈 불러내려봤자 별 도움도 안 되고 차비만 없앤다며 짐짓 첫째는 홀대하는 척, 둘째는 살갑게 대하는 척했지만 속마음이 그렇지 않다는 건 나도 두식이도 안다. 자식이긴 해도 나는 첫째가 영 서먹했다. 어떤 인연으로 아내의 배를 빌어 내 집에 왔는지는 모르겠으나 원식이는 이 집에 어울리지 않았다. 혹 앞집 최부자네라면 모를까. 그렇게 보면 둘째는 마냥 편했다. 잘 먹이고 잘 입히지 못하고 대학에도 못 보냈지만 두식이는 내 자식 같았다. 아마 늘그막까지 부모 곁에 남아있을 놈도 둘째일 것이다. 첫째는 어쩐지 벌써부터 곁을 떠나고 있는 느낌이었다. 지 에미 무서워 아직 말은 못 했지만 첫째는 저 좋은 거 하겠다고 학교까지 때려치운 모양이었다. 그러니 오히려 잘 대해줘야 할 놈은 두식인데도 아내는 첫째는 조심스러워 그런지 큰소리 한번 내는 법이 없으면서도 둘째에겐 늘 함부로 대했다. 앞으로 살면서 부모에게 의무 이상은 할 것 같지 않은 첫째에게 아내가 받을 상처가 염려되어 적당적당 하라고 가끔 이르지만 아내는 모른 척했다. 첫째에게 받아야 할 상처가 있다면 그건 아내 몫일 터였다. 아내가 첫째를 대하는 태도가 늘 이렇듯 지나쳐 나는 둘째에겐 미안한 마음을 갖고 살았다. 그래서 지금이라도 저 편하게 살게 내버려두고 싶으나 아내는 걸핏하면 둘째를 불러들였다. 그런데 이상한 것이 둘째 놈 성질로 봐서는 안 올 법도 한데 아내가 부르기만 하면 툴툴거리면서도 다녀갔다.

한낮이 지나니 더위도 조금 수그러드는 듯했다. 아내는 지금쯤 염소를 찾겠다고 온 동네를 휘젓고 다닐 것이다. 나는 조금 미안한 마음이 들었다. 그깟 염소 세 마리에 저토록 애가 끓어 돌아다니는 것도 결국은 다 서방 잘못 만난 탓이었다. 나는 아니라고 우겼지만 따지고 보면 염소도 내가 잃어버린 것이나 마찬가지였다. 내가 조금만 더 주의를 기울이고 신경을 썼더라면, 아니 개가 짖을 때 한번 내다보기라도 했더라면 염소를 도둑맞는 일은 없었을 것이다.

나는 염소를 매어두던 쇠말뚝을 뽑고 먹이를 주던 밥통도 치워버렸다. 드나들면서 염소가 있었던 흔적을 보면 아내는 더 속이 상해 미칠 것이다. 아내는 어딜 헤매고 다니는지 두어 시간이 지나도 돌아오지 않았다. 아내는 점심도 먹지 않았다. 나는 아내가 동네나 두서너 바퀴 돌다가 제풀에 지쳐 곧 돌아올 줄 알았다. 그런데 아내의 움직임이 잡히지 않았다. 동네에 있었다면 그동안 두어 번은 들락거리며 염병할 날씨를 탓하며 냉수를 퍼마시고 나갔을 것이다. 나는 점점 아내가 걱정되었다. 이 더위에 혼자 내몰 듯 보낸 게 영 마음에 걸렸다. 이럴 줄 알았으면 같이 나가서 찾는 시늉이라도 좀 해주는 건데 그랬다. 안 그래도 만날 기집이나 밝히고 가장 노릇 안 한다고 구박이 이만저만이 아닌데 어차피 찾지도 못할 거 걱정해주는 척이라도 해서 점수라도 따는 건데 그랬다. 아내는 염소를 찾아 헤매며 지금쯤 염소를 잃어버린 상실감보다 남편에게 무시당하고 자식에게 거절당한 소외감에 더 치를 떨고 있을지도 몰랐다. 화투점에서 사쿠라가 나오더니 아내가 집나가려고 그랬나? 사쿠라는 나들이 갈 괘라는데. 엔장, 이젠 화투점을 보는 짓거리도 그만둬야겠다. 나는 언젠가부터 은근히 화투점에 하루의 운세를 견주어보는 습관이 생겼다. 그런데 오늘은 어쩐지 화투점이 딱딱 맞아떨어지고 있는 느낌이었다. 이러니 내가 화투점을 안 볼 수가 있나.

내가 다리를 다치던 날에도 화투점에 단풍이 떨어졌었

다. 이태 전엔 제법 염소를 많이 길렀었는데 염소 치는 게 내 몫이 되다 보니 아내와 사소한 말다툼이 많았다. 가을 볕이 좋던 그날도 나는 아내와 한바탕 말다툼을 하고 염소를 몰고 숲으로 나갔었다. 해 질 무렵이었고 아내와 심하게 다투었던 터라 나는 화투점에 대한 액땜은 이미 한 거라 믿었다. 그런데 그날따라 염소 한 놈이 비탈에 서서 풀을 뜯고 있는 바람에 그놈을 몰고 오려다 그만 비탈에서 굴러 한쪽 다리를 다치고 말았다. 염소는 비탈에서도 잘 견딘다는 걸 조금 일찍 알기만 했어도 나는 염소를 구하러 비탈에 서는 무모한 짓은 하지 않았을 것이다.

사고 후 얼마간 우리 집에서는 염소를 볼 수 없었다. 아내는 염소를 모두 팔아 내 다리를 고치는 데 썼다. 다시 염소를 칠 수 있게 되기까지는 내 다리의 상처가 아무는 만큼의 시간이 필요했다. 그 많은 아픔을 견디고 처음 사들인 염소가 지금의 도둑맞은 염소였다.

나는 아내가 오지 않나 해서 집 밖에 나가보았다. 날씨가 더워 그런지 개 한 마리 얼씬거리지 않았다. 웬만하면 밭을 손질하는 일꾼 한 둘쯤은 보일 듯도 한데 모두 어디 박혔는지 천지사방은 그저 푸르디푸른 빛뿐이었다. 염소를 몰고 다니던 칠성산은 소나무와 참나무 숲으로 푸르고 산 앞으로 펼쳐진 들판엔 이제 막 패기 시작한 벼들이 푸릇한 물결을 이루고 있었다. 나는 골목 앞까지 나와 담장 밑에 수북하게 자란 돼지감자를 무심히 바라보다가 발길을 돌렸다. 올 때가 되면 오겠지. 나는 목발에 의지한 채 다시 집 쪽으로 느적느적 걸었다. 그때 어디서 나타났는지 등 뒤에서 "아버지", 하고 부르는 소리가 났다. 돌아보니 두식이었다.

"니 머하러 왔나? 느 어머이가 씨잘데 읎는 짓으 한그르 가지고."

나는 반가움보다 미안한 마음이 먼저 들었다. 날씨는 좀 더운가.

"염소가 머이 우터됐다는 기래요?"

두식은 보자마자 염소 얘기부터 물었다.

"으응, 그기……. 염소르 누가 쌔배간 모네이야."

염소를 도둑맞았다는 말이 떨어지자마자 두식은 나갔다오겠다며 오던 길을 되돌아나갔다.

"오자마자 워데르……?"

내 말이 미처 다 끝나지도 않았는데 두식은 어느새 골목 끝으로 멀어져가고 있었다. 염소를 찾겠다고 허둥댈 게 뻔했다. 이래서 아내는 나보다도 저놈을 더 의지하는가 싶었다. 썩 잘해준 건 없어도 자식이라 그런가, 두식이놈은 제 어미 일이라면 늘 발 벗고 나섰다. 그런데 집안의 사소한 일은 그놈이 나서면 또 그럭저럭 해결을 보곤 했다. 염소를 찾는 일도 어쩌면 아내보다는 발이 잰 두식이 쪽이 나을런지도 몰랐다. 전에도 염소 풀 먹이러 나갔다가 한 마리를 잃어버린 적이 있었는데 두식이놈이 마을을 다 뒤져 찾아 끌고왔다. 그때 아내의 흐뭇해히던 얼굴을 나는 지금도 잊을 수가 없다. 아마도 아내는 그때의 기억을 떠올리며 이번에도 두식이가 공을 세워 주리라 기대하며 불러들이려 했을 것이다.

두식이도 오고해서 나는 저녁밥을 짓기 위해 부엌으로 갔다. 아내는 염소를 찾아 마을을 온통 휘젓고 다니느라 지쳤을 것이다. 아내는 점심도 굶었다. 더구나 염소는 찾지도 못했을 것이다. 그런 아내에게 저녁밥을 짓게 할 수는 없었다. 나는 독에서 쌀을 퍼내어 수돗가로 나갔다. 그때 금방 나갔던 두식이가 돌아왔다.

"동네르 싸그리 휘비구 댕겠는데 읎싸요. 벌써 어머이가 다 들랬다 가서 자꾸 물어보기도 뭣하고…… 에이 뭔놈의 날씨가……."

두식은 곧장 냉장고로 가더니 얼음냉수를 한 잔 마시고

는 다시 나왔다. 땀이 배어 잿빛 티셔츠의 목 언저리가 까맸다. 등목이라도 해주려 하니 사장 눈치가 보여 얼른 가봐야 한다며 팔뚝의 땀만 씻었다. 제 형과 달리 공부에 취미가 없는 두식이는 애초부터 촌놈으로 살겠다며 특용작물인 담배와 들깨 농사에 손을 댔었으나 시설비만 왕창 날리고 이득이 없자 이러다간 장가도 못 가겠다며 일찌감치 정비 기술을 배워 나갔다.

"저 가요."

두식이 사립문 쪽으로 걸어갔다. 애써 왔다가 그냥 가는 게 안쓰러워 엄마라도 보고 가라고 잡았으나 다녀갔다는 말만 전하라며 휘휘 가버렸다.

두식이 가버리자 쌀 씻는 일도 흥이 나지 않았다. 밥 짓는 일은 다시 시들해졌다. 다리를 다친 후 나는 집에 있는 시간이, 아내는 들에 있는 시간이 많아지면서 밥 짓는 일은 야금야금 내 일이 되어버렸다. 오늘도 아내는 염소를 찾아 헤매며 밥 짓는 일 따위는 잊어버렸을 것이다. 나는 물을 먹어 질벅해진 쌀을 손으로 벅벅 문질렀다. 바가지 안에 수북한 쌀이 평소와 다른 질감으로 손아귀에 잡혔다. 이 많은 쌀을 어쩐다? 아내는 식은 밥이 남는 걸 싫어했다. 그러나 이미 쌀은 물에 불어 돌이킬 수 없었다. 둘째에게 저녁을 먹고 갈 건지 물어보고 쌀을 퍼낼걸 그랬나 보다. 그러나 그것도 좀 그랬다. 의당 먹여 보내야지 집에 온 녀석한테 밥 먹고 갈 건지 물어보는 것도 애비로서의 도리는 아니었던 것이다. 식은 밥쯤이야 두식이 핑계를 대면 아내도 그냥 넘어가 줄 것이다.

쌀뜨물을 몇 번 걸러내고 나니 뽀얀 쌀이 나왔다. 내 목구멍으로 이 기름진 쌀이 넘어가는 것도 다 아내의 재간이지 싶으니 조금 씁쓸했다. 뙤약볕에 나가 밭일 들일 할 때에 비하면 신선이 따로 없지 하면서도 사내가 집에 들어앉아 쌀이나 씻고 있자니 이 짓도 못할 노릇이었다. 올해는 유난히 더위도 더 심한 듯했다.

나는 허리춤을 추스르며 부엌으로 가기 위해 일어났다. 쪼그리고 있던 등허리가 느른해 허리를 쭉 펴려다가 나는 그 자리에 장승처럼 우뚝 서버리고 말았다. 사립문으로 아내가 들어서고 있었던 것이다. 아내는 혼자가 아니었다. 아내는 두 마리의 염소를 몰고 유유히 들어서고 있었다. 나는 바가지를 들고 있던 손아귀에 힘을 꽉 주었다. 자칫하면 떨어트려 애써 씻은 쌀이 수챗구멍에 처박힐 판이었다.

마당으로 들어선 아내는 나 따위는 염에도 없고 쇠말뚝

이 박혀 있던 곳으로 곧장 갔다. 가서는 주위를 두리번거렸다. 아마 염소를 매어놓으려는 것 같았다. 나는 쌀바가지를 바닥에 놓고 얼른 쇠말뚝을 가져다가 원래의 자리에 다시 박아주었다. 재수 없게 말뚝부터 뽑아버린 나를 향해 한 소리할 듯도 한데 아내는 염소만 매어놓고는 수돗가로 가서 냉수를 한바가지 들이켰다. 그리고 하늘을 향해 된숨을 한번 내쉬었다. 아내는 지쳐보였다.

나는 아내에게 다가가 그간의 일에 대해 물어보고 싶은 걸 억지로 참고 있었다. 대체 염소는 어디서 찾았는지, 어떤 놈이 우리 염소를 훔쳐갔는지, 우리 마을 사람 짓인지, 그런데 왜 염소는 두 마리뿐인지. 그리고 두식이가 다녀간 얘기도 해주고 싶었다. 두식이가 당신이 오라면 만사를 제쳐놓고 달려온다고. 온갖 궁금증과 하고 싶은 얘기가 목젖까지 올라왔으나 나는 입도 벙긋 못했다. 아내를 싸고도는 분위기가 그 어떤 말도 붙일 수 없게 했다. 아내는 무엇이 되었든 가슴 속에 잘 담아두지 못하는 성격이었지만 이번 만큼은 어쩐지 그 입이 쉽게 열릴 것 같지 않았다. 더구나 염소를 찾는데 염소 똥만큼도 기여한 바가 없는 내게 그 대단한 얘기를 해주고 싶겠는가.

나는 세 마리여야 할 염소가 두 마리인 게 이상해 우리 염소가 맞나 해서 가까이 가보았다. 큰 놈의 귀 뒤쪽으로 허연 솜뭉치 같은 부스럼딱지가 그대로 있는 것이 틀림없이 우리 염소였다. 말 못 하는 짐승이지만 그래도 그동안 한 마당에서 티격태격하며 든 정이 있는지 염소를 다시 보자 목울대가 울컥해졌다. 염소를 가지고 골치를 앓을 때는 어디 가서 뒈지라고 막말도 하고 막상 없어졌을 땐 시원한 맘도 들었으나 다시 보니 잃어버린 자식이 돌아온 것마냥 반가운 맘이 앞섰다. 나는 부스럼딱지를 어루만지다가 정에 겨워 염소를 끌어안았다. 하늘을 보며 잠시 숨을 고르던 아내가 바가지를 고무대야에 툭 던지며 나를 쳐다보았다. 나는 아내의 시선을 피하며 얼른 염소로부터 떨어졌다. 나는 이제 염소를 안을 자격도 미워할 자격도 없었다. 아내만이 염소에 대해 행세할 수 있었다. 애초에 아내가 염소를 찾으러 가자고 할 때 따라가기만 해주었어도 지금 내 꼴이 이렇게 초라해지진 않았을 것이다. 나는 아내가 염소를 찾아올 줄은 몰랐다. 아내가 내 팔을 잡아끌 때 괜한 일에 휘둘린다는 생각이 들어 배짱 한번 퉁겨본 건데 이제 꼴이 아주 우습게 되어버렸다.

염소가 돌아왔으니 아내 성화에서 벗어나리란 내 꿈은 깨지고 말았다. 잃어버렸다가 되찾은 염소이니 아내의 참

견은 더 심해질 것이다. 아내가 염소를 몰고 들어설 때 내 앞날은 이미 정해진 거나 마찬가지였다.

아내는 몰골이 말이 아니었다. 벌겋게 익은 얼굴은 땀인지 눈물인지 얼룩으로 번져 있고 반쯤 땀에 전 옷은 꾹 짜면 땟국물이 주르르 흐를 것처럼 꼬질꼬질했다. 행색만 이상한 게 아니었다. 아내는 정신을 어디다가 쏙 빼놓고 왔는지 허청대는 듯 하다가도 또 어느 순간엔 싸움꾼처럼 서슬이 퍼렜다. 불과 반나절 사이에 아내는 내 사람이 아닌 다른 사람처럼 보였다. 염소를 찾는 일에 뭔가 대단한 것이 있었던 게 틀림없었다.

냉수를 마신 아내는 곧장 뒤꼍으로 가서 철망과 나무판자를 있는 대로 긁어모아 왔다. 그리고 마당 한 귀퉁이에 울타리를 만들기 시작했다. 군데군데 나무판자를 세우고 나무와 나무 사이를 철망으로 엮어 염소가 빠져나갈 수 없도록 해놓았다.

아내는 먼저 큰 놈을 울타리 안으로 밀어넣었다. 염소도 자기가 갇히게 된다는 걸 아는지 들어가지 않으려고 몇 번 뒷걸음질을 쳤다. 그러나 아내의 우악스런 힘을 제 깟 염소가 당해낼 리 없었다. 울타리 안으로 떠밀리듯 들어간 염소는 나올 구멍을 찾느라 철망 사이를 이리저리 기웃거리다가 나무판자에 주둥이를 몇 번 쥐어박히고는 물러나곤 했다. 큰 놈을 가뒀으니 이내 작은 놈도 함께 가두려니 했는데 아내는 곧장 부엌으로 가더니 과도를 가지고 나왔다. 그리고 수돗가에 쪼그리고 앉아 숫돌에 갈기 시작했다. 대체 칼은 왜? 나는 궁금했으나 그저 지켜볼 수밖에 없었다. 아내는 칼을 갈다가는 허공을 향해 번쩍 들어 그날의 세기를 가늠해보는 짓을 몇 번 했다. 아내가 하늘 높이 칼을 치켜들 때마다 석양빛에 칼날이 번쩍하고 빛났다.

"당신……. 칼은 머할라고……?"

나는 더 지켜보기만 할 수가 없어 옆으로 다가가 은근슬쩍 떠보았다. 그러나 아내는 여전히 대답이 없었다. 아내는 집에 들어설 때부터 나는 아예 없는 사람 취급했다.

아내는 물 한바가지를 퍼서 잿빛으로 질펀한 숫돌 주변을 건성으로 훅 씻어내리고는 칼을 든 채 곧장 작은 염소가 있는 쪽으로 갔다. 가서는 염소의 몸통을 한 손으로 움켜잡더니 훌러덩 눕혔다. 갑자기 뒤집힌 염소가 일어나려고 발버둥쳤다. 그러자 염소를 잡고 있는 아내의 손에 힘이 더 가해졌다.

"아니, 불알 깔라고 그러나?"

내가 겁에 질려 물었다. 아내는 여전히 대꾸하지 않았

다. 아내는 아까 울타리를 만들고 남은 나무판자에 염소를 눕힌 후 큰 놈 목에 걸려있던 나일론 줄을 주워다 네 다리를 묶었다. 사지가 네 방향으로 벌어진 염소의 배 위로 거무튀튀한 생식기가 한눈에 드러났다.

"꼭 이래야 되겠나? 칼은 쓰지 않고도 할 수 있잖아."

아무리 내가 염소에 대해 나설 수 없게 되었다 해도 아내의 짓거리는 말리고 볼 일이있다. 아내는 대답 대신 염소의 발에 묶여 있는 줄을 더 단단히 조였다. 거세를 하면 육질이 연해지고 발육도 빨라져 고기값을 높여주기 때문에 굳이 말릴 이유는 없었다. 큰 놈도 이미 거세를 했고 작은 놈도 이젠 웬만큼 자라 오늘내일 하고 있던 터이긴 했다. 그런데 방법이 문제였다. 큰 놈은 고무링을 써서 지극히 자연스럽게 떨어져나가게 했다. 그런데 이번엔 생짜로 피를 보려 하고 있는 것이다. 아내는 밖에서 무슨 일이 있었던 게 분명했다. 혹시 개울가에서 염소를 구워먹던 놈들에게 무슨 변을 당한 건 아닐까. 그러자 사지가 묶인 염소 위로 사내들에게 꼼짝없이 팔다리를 잡힌 채 변을 당하고 있는 아내의 모습이 겹쳐졌다. 설마. 나는 도리질을 쳤다. 혹시 염소를 찾는다고 동네 사람들을 다 만나고 다니다가 큰아들의 소식을 들은 건 아닐까. 원식이가 헤비메

탈인가 하는 이름도 희한한 음악을 하겠다고 학교를 그만 둔 지도 반년이 다 되어가니 그 소식은 흘러 흘러 아내의 귀에 들어갔을 수도 있었다. 게다가 여자와 살림까지 차린 걸 알고 아내는 아예 입을 닫아버린 건지도. 아니, 어쩌면 나와 두식이를 향한 분노인지도 모르겠다. 혼자서 염소를 찾아 몰고 오며 아내는 나를 죽이는 상상을 했을 수도 있었다. 그것이 염소의 거세로 나타난 거라면, 나는 말리지 않기로 했다. 아내를 위해 염소 한 마리의 희생쯤 감수하자 작정한 것이다.

염소가 더 이상 발버둥을 칠 수 없게 되자 아내는 날이 선 칼을 불알에 갖다댔다. 칼이 닿자마자 훅하고 피가 번져 나왔다. 염소가 몸을 한번 꿈틀, 했다. 나도 모르게 손이 아랫도리로 갔다. 아내는 갈라진 음낭 사이로 손을 집어넣어 알을 꺼냈다. 흰빛이 도는 두 개의 알이 아내의 손 아귀에 잡혀 나왔다. 아내는 그것을 단칼에 쳐냈다. 나는 더 쳐다볼 수가 없어 고개를 돌렸다. 아내는 피로 범벅된 불알 주위를 헝겊으로 쓱싹 닦고는 묶여 있던 발을 풀어주 었다. 억지로 중심을 잡은 염소가 절뚝거리며 맹맹하고 울음을 토해냈다. 아내는 그런 염소의 궁둥이를 한 대 탁 치고는 잘린 불알을 집어다 개집 앞에 던져주었다. 개가 뛰

쳐나오더니 날름 그것을 물고 도로 제집으로 들어갔다. 아
내는 그 모든 일을 눈 하나 깜짝하지 않고 단숨에 해치웠
다. 나는 아내가 무서워졌다. 어디에 저런 잔혹함이 숨어
있었나. 도대체 밖에서 무슨 일이 있었던 걸까. 도무지 입
을 열 것 같지 않던 아내가 잔뜩 찌푸려져 있는 나를 향해
처음으로 입을 뗐다.

"밥으 안하우? 굶길 끼래요?"

퍼뜩 정신을 차린 내가 쌀바가지를 들고 부엌으로 들어
갔다. 밥솥에 쌀을 막 안치려는데 음매애하고 울음소리가
들려왔다. 작은 놈이 그곳이 아프고 쓰려 계속 맹맹거리나
싶어 안타까워 내다보니 울타리 안에 있는 큰 놈이 철망에
목이 끼어 낑낑대고 있었다.

"저누무 얌세이 새끼."

아내가 다가가 꽉 낀 염소의 목을 빼주었다. 나는 다시
밥을 짓기 시작했다.

불면 클리닉

불면 클리닉

파리요? 아파트 13층에 파리가 있다는 얘깁니까? 그는
내 말이 통 믿기지 않는다는 눈치였다. 네, 정말로 파리
때문이었어요. 그 놈의 파리가 얼마나 신경을 긁던지 도저
히 잘 수가 없었다니까요. 그의 표정이 살짝 일그러졌다.
그는 파리 얘기는 더 이상 의미가 없다고 생각했는지 오늘
은 복식 호흡을 할 거라며 모니터로 시선을 옮겼다. 노트
북과 연결된 TV 모니터에는 한 여자가 안락의자에 앉은
채 정지된 화면 속에 있었다. 그가 플레이 버튼을 누르자
화면 속의 여자가 천천히 움직였다. 하나 둘 셋 숨을 들이
쉴 때 여자의 배가 나왔다가 다시 하나 둘 셋 숨을 내쉴 때
배가 쑥 들어갔다. 그는 잠이 안 올 때 이 방법을 쓰면 좋
다고 했다. 이 호흡법은 숫자를 거꾸로 세는 것과 닮아 있
었다. 나는 잠이 안 올 때 숫자를 백에서 거꾸로 세곤 했

다. 그러나 백에서 영까지 다 세고도 하얗게 밤을 밝힌 적이 한두 번이 아니었다. 그런데 그는 이 규칙적인 숨쉬기가 잠을 불러올 수 있다고 얘기하고 있다. 정말 그랬으면 좋겠다.

그는 나를 TV 모니터 앞에 고정시켜놓고 자기는 책상에 있는 컴퓨터 모니터로 시선을 옮겼다. 모니터가 등을 보이고 있어 내용은 알 수 없었으나 표정으로 심기가 편치 않은 게 느껴졌다. 내가 다짜고짜 파리 얘기를 꺼내서 살짝 빈정이 상한 듯했다. 4월의 대도시에 파리라니, 좀 심했나. 그러나 진짜 파리였던 걸 나더러 어쩌란 말인가. 나는 간밤에 불을 끄고 자려고 침대에 눕다가 베갯머리 쪽에서 에엥 하는 소리를 들었다. 웬 모기? 하면서도 나는 잠이 달아날까 봐 곧장 침대에 누웠다. 새벽 2시가 넘어 간신히 청한 잠이었다. 그때 얼굴 위로 또 한 번 웨에에엥 하는 소리가 들려왔다. 나는 성가셔서 벌떡 일어나 불을 켰다. 모긴 줄 알았는데 파리였다. 나는 놈을 잡기 위해 바닥에 있던 건강식품 책자를 집어 들고 화장대 의자 위로 올라갔다. 탁. 놈을 때려잡았다고 생각했는데 놈은 교묘하게 내 손을 벗어나 조롱이라도 하듯 날아다녔다. 나는 약이 바싹 올라 더 놈을 잡는데 혈안이 되었다. 그러다가 30분이

훌쩍 지났다. 잠마저 싹 달아나버렸다. 얼마나 용을 썼는지 등골에 땀이 다 촉촉이 배어 나왔다. 제길, 잠자긴 또 다 글렀네. 그렇게 쑤석거리다가 아침을 맞았다. 불면 클리닉을 가야 해서 침대에서 늑장을 부릴 수도 없었다. 센터장인 임상심리전문가라는 이 남자는 지각하는 걸 싫어했다. 지난주에 앞집 여자가 와서 얘기를 늘어놓는 바람에 10분 늦었는데 그는 다음 스케줄에 지장이 있다며 노골적으로 나를 힐책했다. 그 전 주엔 자기 때문에 일정을 하루 미뤘던 걸 기억하지 못하는 듯했다. 그때 그는 임상심리실에 갑자기 심리 검사가 잡혔다며 버스정류장까지 나갔던 나를 돌려세웠었다. 이번 주엔 아예 일찌감치 아파트를 나섰다. 엘리베이터 버튼을 눌러놓고 앞집을 흘끔 보았다. 조용하다. 며칠 전 새벽에 내 집 문을 두드리던 앞집 여자를 그냥 돌려보낸 게 자꾸만 맘에 걸렸다. 무슨 상관이람. 나는 엘리베이터에 올랐다. 정류장으로 가니 마침 버스가 들어오고 있었다. 덕분에 불면 클리닉에 일찍 도착했다. 임상심리전문가는 나를 보자마자 간밤에 잘 잤느냐고 물었다. 나는 파리 때문에 한숨도 못 잤다고 솔직하게 말했다. 그의 눈꼬리가 살짝 치솟았다. 그는 내가 불면증만 치료받아야 하는 게 아니라 정신에도 문제가 있다고 생각하는 같았다.

모니터를 보고 있는데 핸드폰 벨이 울렸다. 진동으로 해놓는 걸 깜빡했다. 실상은 꺼놓아도 전혀 상관이 없었다. 나는 핸드폰이 필요 없는 사람으로 산 지 이미 오래되었다. 나는 가방에서 얼른 핸드폰을 꺼내 소리를 죽였다. 소리를 죽일 때 화면에 K가 찍혀 있는 걸 보았다. 언뜻 짜증이 스쳤다. 수요일 오전엔 불면 클리닉이 있다고 적어도 세 번 이상은 말했다. 그런데 그 남자는 번번이 잊어버린다. 내 말을 허투루 듣는 건지 건망증인지 아직도 헷갈린다. 그 남자가 미울 땐 무관심이라고 몰아세웠다가 이해하고 싶을 땐 건망증이라고 해버린다. 무관심도 건망증도 재미없기는 마찬가지다. 망각도 일종의 병이라고 나는 내 편한 대로 생각해버린다. 늙으면 미니시리즈를 시청하는 게 어렵다고 하지 않는가. 그래서 나이 든 사람들이 일일연속극에 빠진다고. 그 남자의 나이 오십하고도 다섯이다. 술과 담배 때문에 그 남자의 해마는 더 일찍 망가진 거라고 나는 무마하고 만다.

화면 속의 여자가 규칙적으로 움직였다. 여자의 배는 임신한 것처럼 부풀어 올랐다가 이내 푹 꺼졌다. 반복된 느린 움직임이 지루함을 자아냈다. 나는 화면 속의 여자처럼 고요해지고 싶었으나 앞집 여자 때문에 집중할 수 없었다. 앞집이 조용한 것도 걸렸고 며칠째 안 보인 것도 찜찜했다.

며칠 전 앞집 여자는 내 집을 찾아와 막무가내로 문을 두드려댔다. 쾅쾅. 안에 없어요? 쾅쾅쾅. 문 좀 열어봐요. 쾅쾅쾅. 억지로 눈을 뜨고 시계를 보니 새벽 4시가 가까워오고 있었다. 새벽 3시가 넘어 간신히 든 잠이었다. 머리끝이 쭈뼛 서며 신경이 날카로워졌다. 나는 이불을 머리끝까지 뒤집어쓰고 소리가 멎기만을 기다렸다. 소리는 잠시 멎는 듯하다가 이내 또 요란스럽게 울려댔다. 쾅쾅쾅. 나는 침대에서 일어나 거실로 나가 비디오폰을 들여다보았다. 여자는 잠옷 차림에 공포에 질린 얼굴이었다. 나는 문득 두려웠다. 문을 열어주고 나서 감당해야 할 뒤가 무서웠다. 나는 끝내 문을 열지 않았다. 소리는 얼마간 더 울리다가 잠잠해졌다. 지금 문을 연다면 여자는 앞으로도 종종 이런 시간에 나를 찾아와 문을 두드릴 것이다. 여자를 돌려보낸 건 잘한 거야. 여자는 나처럼 암에 걸리지도 않았으며 돈도 많다. 대체 여자가 나를 찾아올 이유가 뭔가.

나는 앞집 여자를 엘리베이터에서 잘 만났다. 여자는 나를 보고 반색했지만 나는 반갑지 않았다. 여자를 만난

날은 여자의 집으로 끌려들어가 얘기를 들어줘야 했다. 처음엔 이웃집과 트고 지내는 게 신선하게 다가왔으나 너무 잦자 그것도 성가셨다. 앞집 여자는 색다른 음식을 만들었다며 시도 때도 없이 내 집 벨을 눌렀다. 나는 자다가, 샤워를 마치고 나오다가, 밥을 먹다가 허둥지둥 여자를 맞았다. 뭘 먹을까 고민하다가 맞이하는 여자의 음식은 때로 반가울 때도 있었지만 저녁을 잘 먹은 후에 내미는 부침개와 스파게티는 음식 쓰레기밖에 되지 않았다. 더구나 접시를 돌려주는 일이 곤혹스러워 몇 번 여자의 음식을 받아먹다가 나는 문을 열지 않았다. 그러자 여자는 나를 만나기만 하면 자기 집으로 데리고 들어갔다. 집에서 없는 척하는 건 쉬웠지만 맞닥뜨리고서 피해가는 건 어려웠다. 자기집에서 차 한잔 하고 가라는 말이 다른 사람들에겐 의례적인 것이었으나 앞집 여자에겐 간절함이 배어있어 차마 거절하지 못했다. 새로 리모델링을 한 여자의 집은 깔끔했다. 가재도구나 소품들도 척 보기에 값나가는 것들로 채워져 있어 나는 여자의 집에 올 때마다 같은 평수의 아파트가 어쩜 이리도 다른 느낌을 줄 수 있는 건지 의아해하곤했다. 새벽 4시에 잠옷 차림으로 내 집 벨을 누르던 그 전날에도 나는 여자의 집에 끌려들어갔었다. 여자는 잘 우려낸 캐모마일과 쿠키를 다과상에 담아 내왔다.

"바빠요? 집에 통 없던데."

여자는 아직 내가 집에 있으면서 문을 열지 않는다고까지는 생각하지 않는 것 같았다. 그러나 현관렌즈로 새어나오는 불빛에 대한 변명은 해야 했다.

"요즘은 주로 저녁에 운동을 가요. 불 꺼진 집이 싫어서 불을 켜놓고 가죠."

여자는 거기에 대해 더 이상의 토를 달지 않았다. 대신 전에 먹던 수면제가 잘 듣질 않는다며 병원을 바꿔봐야겠다고 한숨지었다.

내가 허브차만 홀짝거리고 있자 여자가 간밤에 구워 아직 바삭거린다며 쿠키를 먹어보라고 권했다. 쿠키는 맛이 있었다. 여자는 밤에 잠이 안 올 때 요리를 한다고 했다. 그 음식은 다음날 고스란히 내 집으로 건너왔다. 여자는 수면제를 먹는 게 싫어서 음식을 요리할 때 종종 수면제 가루를 넣는다고 했다. 나는 이 쿠키에도 수면제를 넣었는지 물어보려다가 말았다.

여자의 집엔 불면에 좋은 것들로 가득했다. 불면에 좋다며 사들인 산세베리아, 페페로미아, 제라늄 화분이 거실을 꽉 채우고 식탁엔 나도 이미 복용해봐서 알고 있는 수면제가 여러 종 겹겹이 쌓여 있었다.

"언젠간 저걸 한 입에 다 털어 넣고 영원히 푹 자보는 게 내 소원이에요."

여자의 나이는 예순 다섯이었다. 3년 전 처음 자궁암 진단을 받았을 때 나는 예순까지만 살 수 있다면 그 다음은 어떻게 되어도 좋겠다고 생각했다. 여자의 나이 예순에서도 다섯을 더 먹었으니 나는 여자가 가엾지 않다. 여자는 17년째 수면제에 의지해 자고 있다고 나를 만나던 첫날 얘기했다. 여자의 깡마른 몸과 흐린 눈빛이 불면에 시달려 온 세월을 너무 적나라하게 말해주고 있어 나도 불면증이라는 얘기를 하지 못했다. 여자의 불면은 딸의 고3 때부터 시작되었다고 했다. 야간수업을 마치고 돌아오는 딸을 기다리느라 새벽 두 시까지 잠을 자지 않았던 게 습관처럼 굳어버렸다고 했다. 각고의 노력 끝에 불면증을 몰아낼 즈음 아들이 이혼을 하면서 두 아이를 몰고 들어왔다. 여자는 자기 손으로 두 손자를 다 키웠다. 그랬는데 성공한 딸은 미국으로 가버리고 아들은 재혼을 하면서 중국에 자리를 잡았다. 여자는 내가 봐도 답답할 정도로 찾아오는 사람이 없었다. 여자의 얘기가 손자 자랑에서 탄식으로 넘어갈 즈음 나는 일이 있다며 자리에서 일어났다. 나는 2시부터 4시까지 라디오 프로그램을 듣고 모니터링을 해야 했다. 지금 내 생계를 책임지고 있는 일이다. 나는 일이 없어도 있다고 핑계 대고 일어나고 싶은 판국이었다. 두 시간의 아르바이트에 하루를 걸고 살아가야 하는 내 고충을 돈 많은 앞집 여자가 알 턱이 없다. 여자가 집에 가서 먹으라며 먹다가 남은 쿠키를 싸주었다. 나는 접시를 돌려주지 않아도 되는 거라서 냅킨에 싼 쿠키를 들고 집으로 왔다.

여자의 집에 들렀다가 오는 날은 이상하게 내 집이 낯설었다. 궁색한 살림살이가 더 옹색해 보이면서 나는 당장 생계를 걱정해야 하는 가난뱅이로 전락해 있다. 복도 하나를 사이에 두고 전혀 다른 두 개의 세상이 펼쳐지고 있는 게 신기했다. 그러나 나는 최면을 건다. 나는 여자보다 어리며, 다른 집 현관문을 두드릴 만큼 철없거나 외롭지 않다고.

벽시계가 두 시를 향하는 걸 보면서 라디오를 켰다. 녹음테이프도 걸었다. 이달에 내가 모니터해야 할 프로그램은 건강 상담 프로다. 나는 앉은뱅이 탁자 앞에 앉아 메모할 노트를 펼치고 라디오 볼륨을 조금 더 높였다. 두 시 시보를 알리는 아나운서의 멘트가 나오고 곧바로 시그널 뮤직이 흘러나왔다. 진행자는 날씨 얘기로 문을 열었다. 화사한 햇살에 봄꽃이 지천이니 날씨 얘기를 하지 않고는 못 배겼을 것이다. 첫곡은 김윤아의 '봄날은 간다' 였다. '눈을 감으면 문득 그리운 날의 기억'. '봄날은 간다'라는 노래 제목을 듣고 언뜻 연분홍 치마부터 떠올렸던 나는 머쓱해져서 베란다 쪽으로 고개를 돌렸다. 제라늄 붉은 꽃잎이 강한 햇살 아래 시들시들 타들어가고 있었다. 나는 눈이 부셔서 다시 고개를 돌렸다. 라디오에선 정신과 의사가 봄에 자살률이 높은 이유에 대해 얘기하고 있었다. 뇌가 계절 변화에 적응하는 과정에서 신경전달물질에 이상이 생겨 자살 충동이 높아진다는 것이다. 그런데 그게 겨울에서 봄으로 넘어갈 때가 가장 심하다고. 불면증도 부쩍 더 생기며 마음의 병으로 여기고 방치하면 죽음으로까지 이르게 된다고 의사는 말했다. 듣다 보니 고개가 끄덕여지는 부분이 있었다. 나는 세 번의 이사를 봄에 했으며 두 번의 사랑 고백도 모두 봄에 했다. 봄날을 견디지 못한 탓이다. 불면 클리닉을 찾아간 건 그래서 잘한 일이다.

내가 불면 클리닉을 가게 된 건 지극히 우연이었다. 3년 차 자궁암 정기검진을 받으러 병원에 갔다가 복도 기둥에서 불면 클리닉 광고를 보았다. 그 광고지는 아주 오래전부터 붙어있었던 듯 테이프로 붙인 한쪽 모서리가 기둥에서 떨어져 나와 나달거렸다. 다른 때 같았으면 무심히 보아 넘겼을 불면 클리닉 안내문을 나는 꽤나 유심히 바라보았다. 나는 근 보름째 수면제에 의지해 잠을 청하고 있었다. 나의 불면증은 아주 오래되었지만 최근 들어 수면제를 찾는 빈도가 잦아져 뭔가 색다른 치료가 필요하겠다는 생각을 하고 있던 차였다. 그동안 불면에 필요한 모든 건 다 해봤지만 그 어떤 것도 잠을 불러들이지는 못했다.

나는 일단 찾아가 보기로 했다. 불면 클리닉이 과연 내 오랜 고질병을 거두어가 줄 수 있을지는 미지수이나 황잡하기 이를 데 없던 아이가 '우리 아이가 달라졌어요'라는 프로를 통해 순한 양이 되어가고, 배우자 보기를 돌같이 하던 부부가 '부부 클리닉'을 통해 해맑은 미소로 아침밥을 같이 먹게 되는 걸 TV에서 보았다.

불면 클리닉은 검진동 2층 임상심리실 내에 있었다. 임상심리사가 왜 불면인지 물어올 걸 대비해 나는 모범답안을 준비해두었다. 결핍 때문인 것 같아요. 일반 사람들에게 있는 게 저에겐 없죠. 이를 테면 가족이나 직장, 돈, 사랑, 머 그런 거. 게다가 3년 전부터는 한 가지 걱정이 더 늘었어요. 암이 재발할지도 모른다는 불안. 이만하면 이유가 되나요? 그러나 그는 아무 것도 묻지 않았다. 넋두리 따윈 들을 필요가 없다고 생각하는 같았다. 그는 데이터만 가지고 환자를 대했다. 처지를 들키지 않아도 되는 건 다행이었지만 속을 풀어내지 못해 답답했다. 그깟 잠 좀 못자는 걸 가지고 무슨 병원까지 가느냐는 조롱을 감수하면서 여기까지 왔을 땐 다 이유가 있을 터였다. 나는 그가 내 얘기를 들어주는 것으로부터 시작했으면 싶었다. K가 있었지만 내 얘기를 들어주는 데는 서툴렀다. K는 내 불면이 혼자 살아서 그렇다며 말도 안되는 논리로 몰아세웠다. 앞집 여자도 자기 얘기만 하기에 급급했지 내겐 관심 없었다. 고심 끝에 불면 클리닉까지 왔으나 여기라고 다를 게 없었다. 임상심리전문가라고 자신을 소개한 그는 6주간의 프로그램을 하고 나면 잠을 잘 잘 수 있다고 치료법에 대해서만 말했다. 불면도 치료하면 좋아질 수 있는 하나의 증상인데 사람들은 불면이 병이 아니라고 생각해요. 치료를 받고 나면 분명히 좋아집니다. 수면제 없이도 잘 잘 수 있게 되지요. 나는 수면제 없이도 잘 자게 된다는 그 말이 너무도 달콤하게 들렸다. 정말 그렇게 될까요? 내가 계속 믿을 수 없어 하자 그는 지나간 사람들이 작성한 후기까지 보여주며 적극적으로 받아볼 것을 권했다. 그러면서 마지막에 빠져나갈 구멍은 만들어놓았다. 물론 제가 하라는 대로 잘 따라했을 때 얘기에요. 시키는 대로 안하면 효과는 없어요. 잘 안 된다면 그건 내 탓이지 자기 탓은 아니라는 얘기였다. 실패를 수혜자 잘못으로 돌리려는 그가 아마추어처럼 생각되어 나는 믿음이 가지 않았다. 불면에 이유가 있다는 것 자체가 말이 안된다. 잠이 오는 게 이유가 없듯 안 오는 것도 이유가 없다. 사람들은 나쁜 생활습관이나 운동부족이 원인이라고 했지만 나는 뜨거운 여름 양산도 없이 거리를 쏘다니고 와서도 못 잤고 산 정상을 오르고 나서도 자지 못했다. 아무도 그 어떤 것도 불러들이지 못한 잠을 그가 자게 해주겠단다. 지푸라기라도 잡고 싶은 심정인데 미리부터 그를 의심할 필요는 없다. 그런데 그가 남자인 건 좀 걸렸다. 잠자리를 다 까보여야 하는데 이성은 동성만큼 편하지 않았다. 더구나 20년도 더 된 내 오랜 고질병을 치유하기에 그는 너무 젊었다. 표정조차 맑고 명료해 애당초 불면 같은 걸로 고민해본 흔적 같은 건 보이지 않았다. 불면 클리닉이 있는 병원이 집에서 가깝지 않았더라면, 자궁암 수술을 받은 병원이 아니었더라면 나는 굳이 내 불면을 치료해줄 적임자로 그를 선택하지 않았을 것이다.

그가 모니터의 정지 버튼을 누르고 복식호흡을 실제로 해보자며 의자를 끌어당겨 내 옆으로 왔다. 그가 배에 손을 얹고 깊게 숨을 들이쉬자 팽팽하게 배가 팽창해왔다. 그의 손가락은 짧고 뭉툭했는데 마디가 굵고 거칠어 나는 그의 나이가 내가 생각했던 서른 전후보다 훨씬 더 많을지도 모르겠다는 생각을 잠깐 했다. 가운 안에 가려져 있는 뱃살도 서른의 나이가 내뿜는 탄력에서 살짝 비껴난 듯해 그는 어쩌면 벌써 아이를 한 둘쯤 나은 유부남일지도 모르겠다는 생각이 들었다. 그때 문득 엉뚱한 기대가 스쳐갔다. 어느 정도 세상사에 익숙해져 있는 사람이라면 내가 마음에 담아도 되지 않을까, 하는. 나는 그를 남자로 대하고 싶었다. 그와 병원 문밖을 나가 뭘 어쩌겠다는 게 아니라 그를 만나러 오는 수요일이 즐거운 상상이 되었으면 하는 거다. 그러나 나는 그에게 여자가 될 수 없었다. 나는 어느새 너무나 나이를 먹어 있었다. 그런데도 나는 뇌가 고장난 사람처럼 자꾸만 그 앞에서 여자 행세를 하려고 했다. 나는 그가 임상심리전문가라는 사실만 상기하기로 했다. 그도 자신이 돌보는 환자로 인해 자기 일을 그르치고 싶지 않을 것이다. 그는 자신의 일에 자부심과 긍지를 갖고 임했다. 임상심리전문가라고 자신을 소개할 때 단어마다 따박따박 힘이 들어가는 걸 보고 느꼈다. 전문가라는 단어를 발음할 때는 힘이 조금 더 들어갔다. 그가 자랑으로 여길 만큼 임상심리전문가가 되는 길은 쉽지 않았다. 대학과 대학원에서 심리학을 전공하고 정신과 같은 데서 2년을 수련하고 자격증 시험에도 합격해야 임상심리전문가가 될 수 있다고 했다.

전화벨이 또 울렸다. 보지 않아도 K일 것이다. K는 내가 전화를 받을 때까지 한다.

"전화 받으셔도 되는데."

그가 복식호흡 하던 자세를 풀고 말했다. 그는 내가 프로그램에 방해될까 봐 전화를 안 받는다고 생각하는 모양이었다. 그런 면도 아주 없지는 않지만 나는 혼자 있어도 K의 전화를 받지 않았을 것이다. 그의 전화는 받아봤자다. 어떨 땐 벨이 울리는 시간을 참는 게 곤혹스러워 받고 말지만 받고나면 금방 후회했다. 혹시나 좀 색다른 일로 전화하지 않았을까 받아보지만 늘 부질없는 기대였다. K는 자기가 아쉬울 때만 전화를 했다. 누구든 상대가 필요할 때 전화를 하는 거겠지만 그의 전화는 즐겁지 않았다. 그는 시도 때도 없이 전화를 하고는 무턱대고 찾아와 침대 위에서 분탕질을 쳐놓고 갔다. 그는 내 불면증을 더 부채질했다. 더구나 그와 마주하고 있을 때면 나는 그의 위선과 허세에 동조하기 위해 필요 이상 큰 목소리와 과장된 몸짓으로 진을 빼야 했다. 그럼에도 불구하고 K를 만나는 이유는 딱 하나, 심심해서다. 봄날을 견디지 못하는 탓이다.

나는 K를 문화센터 명리학 강좌에서 처음 만났다. 나는 수강생이었고 K는 강사였다. 사람들은 영리해 K의 강좌를 들으러오지 않았다. 강좌는 한 번으로 끝났다. 폐강하던 날 K가 내게 점심을 먹자고 했다. 나는 별 볼일 없는 내 인생이 사주팔자와 연관이 있는 건 아닌지 물어보고 싶어 그를 따라갔다. 그는 점심을 먹는 자리에서 내 사주를 봐주며 다음해 대운이 들어 내 인생이 활짝 필 거라고 확신에 차서 말했다. 그는 종이에 연필로 제법 어지럽게 그림까지 그려가며 내 대운에 대한 근거를 제시했다. 나는 그 말을 전적으로 믿고 싶었다. 그러나 그 다음해 여름 나는 일자리를 잃었으며 가을이 깊어가던 어느 날 자궁암 진단을 받았다.

K는 내가 항암 주사를 맞으러 갈 때 병원에도 따라가 주었으며 유기농 야채와 과일을 사들고 종종 나의 집을 방문하기도 했다. 그는 내가 암에 걸렸는데도 나를 버리지

않고 계속 만나주는 걸 무슨 대단한 휴머니즘이나 되는 양 행동했다. 그는 자기가 가정이 있는 남자이고 집도 절도 없이 코묻은 복채로 하루살이처럼 연명하는 게 내가 암에 걸린 것보다 낫다고 생각하는 같았다. 그의 거드름 때문에 그를 버리고 싶었지만 그마저 없이 내게 남아도는 시간을 감당할 자신이 없었다.

"자, 따라해 보세요."

그가 내 배에 가만히 손을 얹었다. 따뜻했다. 그 따뜻함 때문에 나는 더 쓸쓸해졌다. 이런 따뜻한 손을 지닌 사람이 내 남자라면. 그러나 그는 내게 남자일 수 없으며, 내 남자는 더더욱 아니며 그저 임상심리전문가일 뿐이었다. 그는 내가 여자로 별 매력이 없으며 자궁암 수술까지 받은 걸 알고 있다. 여자에게 자궁이 어떤 의미일지 그가 모를 리 없다. 그러니 그가 나를 여자로 볼 일은 없을 것이며 나 역시 나보다 훨씬 어린 임상심리전문가를 남자로 느낄 만큼 철없지 않다. 복식호흡에 열중하자. 6주 후의 실패가 내 탓이 아니라는 걸 입증하려면 그가 시키는 대로 잘 따라해야 했다. 물론 나는 실패를 원치 않는다. 그를 비난해서 내가 얻을 게 뭔가. 여기까지 와서도 치유하지 못한다면 나는 평생 불면을 껴안고 살아야 할지 모른다. 앞집 여자처럼. 그건 지옥이다.

그가 하나 둘 셋을 천천히 세며 복식호흡을 하도록 유도했다. 그러나 나는 배를 내밀어야 할 때 내밀지 않고 숨을 들이마셔야 할 때 들이쉬지 않았다. 내가 삐딱하게 굴자 그의 목소리가 커졌다. 배를 더 내미세요. 더, 더. 그는 아마추어인 게 확실하다. 이렇게 쉽게 분노를 표출하다니. 나는 그만두고 싶은 걸 억지로 참으며 앉아 있었다. 고작 이따위 짓거리가 무슨 잠을 불러들인단 말인가. 선생님은 불면 때문에 고통 받아본 적 있나요? 나는 결국 궁금한 걸 물어보았다. 물론 암에 걸려본 자가 암을 치료하는 건 아니다. 저도 사람인데 왜 불면증이 없었겠습니까? 잠이 안 올 때 저는 지금처럼 복식호흡을 합니다. 그래도 잠이 오지 않으면요? 그래도 잠이 안 오면 어떡하나요?

"스트레스 검사를 한 번 받아봅시다."

그는 대답 대신 스트레스 검사를 받아보자고 했다. 불면의 이유가 스트레스 때문이라는 것이다. 3년 전 자궁암 진단을 받고 왜 이런 병이 걸린 걸까요? 라고 묻는 질문에도 의사는 스트레스가 원인이라고 했다.

그가 전화로 누군가를 불렀다. 내게 스트레스 검사를 맡길 사람 같았다. 잠시 후 노크 소리가 나고 한 여자가 들어왔다. 견습생이었다. 그녀의 노란 가디건이 이 봄날과 잘 어울렸다. 그녀는 불면 클리닉에 관한 모든 연락체계를 맡고 있어 나와는 이미 일면식이 있었다. 그녀가 나를 보고 가볍게 인사했다. 아는 사람한테 하는 친밀함이 배어 있었다. 그녀는 타고난 품성이 고와 보여 그녀가 임상심리전문가가 된다면 좋은 치료자가 될 수 있겠다는 생각이 들었다.

그녀가 나를 데리고 옆방으로 갔다. 견습생이 머무는 방인 듯 책상엔 그녀의 소지품이 즐비하고 곳곳엔 자료 더미들이 산처럼 쌓여 있었다. 그녀는 나를 컴퓨터 앞에 앉게 하고 손목과 발목에 선으로 연결된 집게를 끼웠다. 그리고 검사에 들어갔다. 5분 정도 알 수 없는 그래프가 컴퓨터 모니터를 떠다니더니 결과가 종이 한 장에 찍혀 나왔다. 그녀는 검사지를 들고 다시 나와 함께 그가 있는 방으로 왔다. 그녀가 나타나자 그의 얼굴이 환해졌다. 그와 그녀는 검사지를 보며 속닥이는 말로 뭔가를 주고받았다. 두 사람의 움직임이 조화로웠다. 그에겐 나보다 그녀가 훨씬 잘 어울렸다. 봄인데, 나는 아직 솜이 들어간 두툼한 패딩을 입고 있었다. 나의 잿빛 외투가 그녀의 화사한 가디건과 너무 대비되었다. 나도 모르는 사이 여성성을 잃어가고 있었다. 타고난 외모야 어쩌지 못한다 해도 스타일로 얼마든지 상대를 제압할 수 있는데 나는 그런 쪽으로 무뎠다. 그녀를 보고 있으니 나는 이미 여자가 아니었다. 그런 내가 그 앞에서 감히 여자 행세를 하려고 했던 게 부끄러웠다. 나에겐 쉰 살이 훨씬 넘은 K가, 수염을 기르고 꽁지머리를 한 K가 어울린다. 그게 내가 처한 현실이다. 그녀가 용건이 끝났는지 검사지를 놓고 나갔다. 가디건이 잘 어울려요. 나가는 그녀의 등에다 대고 그가 말했다. 두 사람 사이에 미묘한 눈빛이 오갔다. 그가 잘 보이고 싶은 대상은 그녀였다. 그러나 그가 좋은 임상심리전문가라면 자기한테 치료를 받으러 온 나를 옆에다 두고, 가뜩이나 잿빛 외투로 주눅이 들어있는 내 앞에서 그녀를 향한 찬사 따위는 거두었어야 했다.

그녀가 나가고 사무실은 다시 사무적인 분위기로 바뀌었다. 그는 내게 만성 스트레스라는 진단을 내렸다. 그래프에 붉은 기둥이 가운데에 굵게 나타날수록 좋은 건데 내 붉기둥은 한쪽 끝에 가늘고 뾰족하게 나왔다. 나는 스트레스와는 거리가 멀다고 생각하고 살았다. 의사들이 만병의 원인이라고 하는 스트레스는 뭔가 뾰족한 원인을 찾아낼 수 없을 때 둘러대는 수작이지 내 불면과 암이 정말로 스트레스 때문이라는 생각은 하지 않았었다.

"보세요. 이게 스트레스를 관장하는 교감신경과 부교감 신경인데 막대그래프가 일반 정상적인 수치에 많이 못 미치고 있지요?"

결과물로 보자면 그는 내 불면이 당연하다는 얘기였다.

"스트레스가 불면을 부른 게 아니라 불면이 스트레스를 낳은 건 아닐까요?"

내 경우엔 그게 더 적확하다. 나는 소파에서 TV를 보며 졸다가도 침대에만 가면 거짓말처럼 잠이 달아났다. 그 달아난 잠을 다시 부르느라 나는 밤새 소파와 침대를 오가며 뒤척거렸다. 그 신경전이 스트레스를 낳았을 것이다.

그의 얼굴이 잠시 난감함으로 일그러졌다. 그러나 이내 임상전문가다운 평정을 되찾았다. 그럴 수도 있겠군요. 그건 달걀이 먼저인지 닭이 먼저인지 같은 경우겠네요. 중요한 건 스트레스를 받지 않는 건데, 잠이 안 올 때 굳이 자려고 애쓰지 말아요. 하룻밤 안 잔다고 하늘이 무너지나요? 우리 몸은 스스로 알아서 부족한 잠을 채우려는 자정 능력이 있습니다. 잠을 못 잤다면 잠은 오게 돼 있다는 거지요. 일부러 애쓰지 않아도요.

그는 내게 반복적인 복식 훈련을 시켜놓고 사무실을 나

갔다. 나는 눈을 감고 마음을 가라앉혔다. 어떡하든 불면을 몰아내야 한다. 불면 클리닉은 수면제 다음으로 택한 마지막 방법이었다. 나는 그가 일러준 대로 하나 둘 셋에 배를 쭉 내밀었다가 다시 하나 둘 셋에 배를 깊숙이 끌어당겼다. 혹시 아는가. 복식호흡을 하면 정말로 잠이 올지. 그때 또다시 핸드폰 문자음이 울렸다. 보나마다 K일 것이다. 그는 내 삶의 훼방꾼이었다. 그 남자는 전화가 안 되면 문자로도 소통할 수 없다는 걸 모른다. 나는 핸드폰을 가방에서 꺼냈다. 왜 전화 안 받아? K다운 문자였다. 나는 핸드폰을 가방에 쑤셔 넣었다. 그러다가 다시 꺼냈다. 답을 보내지 않으면 또 올 것이다. 나는 문자 창에 불면 클리닉에 와 있어요, 라고 썼다가 지우고 다시 썼다. 이 개자식아 다시는 연락하지 마. 나는 전송 버튼을 눌러버렸다. 이젠 되돌릴 수 없다. 나는 이 방을 나가면서 후회할 것이다. 아무도 없이 이 봄날을 어찌 견딜 것인가. 사실 K가 더 아쉬운 건 나였다. 그 남자는 내가 아니어도 그닥 심심해 보이지 않는다. K는 나 말고도 따로 만나는 여자가 몇 명 더 있다. 어떨 땐 하루에 상대하는 손님만으로도 벅차 보인다. K에게서는 더 이상 연락이 없다. 나는 다시 호흡에 열중했다.

방을 나갔던 그가 돌아왔다. 마칠 시간이다.

"잠이 안 올 때 꼭 복식호흡을 하세요. 일주일 동안 잘 자고 다음주에 봅시다."

"파리 따위가 방해만 하지 않는다면 잘 잘걸요."

그의 얼굴이 묘하게 일그러졌다.

집으로 돌아오니 아파트 우리 동 앞에 이삿짐차가 한 대 와 있었다. 건물 높이 사다리차가 놓이고 부지런히 이 삿짐을 실어 나르고 있었다. 이사하는 광경이야 낯선 게 아니었다. 그런데 가재도구들이 눈에 익었다. 물소 가죽 소파와 원목 장식장, 라벤더와 캐모마일 화분. 앞집에 있 던 것들이었다. 나는 사다리차를 쫓아 층수를 확인했다. 사다리차는 정확하게 13층에 걸려 있었다. 순간 뭔지 모를 싸늘함이 등골을 타고 흘러내렸다. 왠지 단순한 이사 같지 가 않았다. 나는 서둘러 엘리베이터를 타고 13층으로 올라 갔다. 짐을 빼낸 아파트 안은 휑했다. 여자는 보이지 않았 다. 나는 짐을 나르는 아무나 붙잡고 물어보았다. 이삿짐 센터 직원인지 자기는 다만 일만 할뿐 아무것도 모른다고 했다. 잠깐 사이 짐이 완전히 빠지고 앞집의 현관문이 쾅 닫혔다.

나는 다시 1층으로 내려갔다. 경비라면 알지도 모른다. 나는 경비를 붙잡고 물어보았다.

"글쎄요, 저도 잘 모르겠어요. 왜 이사하는지 그런 걸 어디 경비한테 일일이 얘기하나요?"

"그냥 이사인 거죠? 다른 건 없는 거죠?"

나는 그날 밤, 여자를 모른 척했던 게 자꾸만 마음에 걸렸다. 여자는 수면제를 한 움큼 털어 넣고 영원이 푹 자는 게 소원이라고 입버릇처럼 말했었다.

"그냥 이사가 아니면요? 뭐가 있나요?"

"그런 게 아니라 요 며칠 앞집 여자가 안 보여서요. 혹시 무슨 일이라도 있는 건 아닌가 해서요."

"안 보였다고요? 오늘 아침에도 쫙 빼입고 어딜 가시던데."

"예? 아, 그래요?"

여자가 죽지 않은 건 다행이었지만 나는 왠지 당한 느낌이 들었다. 여자가 죽어야 죄책감에 시달리며 아파했을 텐데 살아있다니 갑자기 존재감이 박탈된 것처럼 허탈했다. 나는 여자의 죽음에서 위안을 얻으려 했던 것 같았다. 비록 돈도 없고, 남편도 없고, 암에 걸리고, 잠도 못 자지만 여자만큼 나쁘진 않다고. 그러니 아직은 살 만하다고.

이삿짐차가 빠져나간 자리에 몇 가지 부산물이 남았다. 여자가 흘리고 간 장롱이며 식탁이며 책장이며 하는 것들이 모두 내 집에 있는 것보다 나았다.

시계가 두 시를 향해 가고 있었다. 나는 집으로 들어와 모니터 할 라디오를 켰다. 녹음테이프도 걸었다. 두 시를 알리는 시보가 나오고 시그널 뮤직이 흘러나왔다. 내가 맡은 프로그램은 건강 상담 프로였다. 40대 남성이 애청자라며 전화를 걸었다. 요즘 봄이라서 그런지 춘곤증 때문에 죽겠어요. 시도 때도 없이 졸려서 일을 못할 지경이에요. 이것도 병인가요? 의사는 봄이라서 그럴 수 있다고 했다. 봄이 지나면 나아질 거라고, 가벼운 맨손체조 같은 걸로 잠을 쫓아보라고 했다. 방송을 듣고 있는데 은근히 화가 났다. 나는 수화기를 들었다. 저는 불면증이 너무 심해요. 수면제 없이는 잘 수가 없죠. 어떻게 하면 잠을 푹 잘 수 있을까요? 의사가 피식 웃었다. 잠을 못 자는 거만큼 고통은 없죠. 불면은 인간의 뇌에도 큰 영향을 미쳐 일상생활의 흐름을 완전히 뒤바꿔놓기도 해요. 이건 사례인데 암컷 초파리에게 두 마리의 수컷 초파리가 구애를 했답니다. 모두 거절당했죠. 한 마리는 잠을 재우고 다른 한 마리는 잠을 안 재웠는데 잠을 잘 자고 난 수컷 초파리는 암

컷에게 거절당한 걸 기억해내고 다시 구애를 안 하는데 잠을 못 잔 수컷 초파리는 거절당한 걸 기억하지 못하고 끊임없이 구애를 해댔다는군요. 잠은 그만큼 중요합니다. 활동량을 늘이고 낮에 햇볕을 쪼이세요. 우유나 대추 같은 것도 도움이 되겠네요. 그래도 안 되면요. 그래도 잠이 안 오면 어떡하지요? 글쎄요, 정 그러면 불면 클리닉의 도움을 받아보라고 권하고 싶네요.

깊은 숨

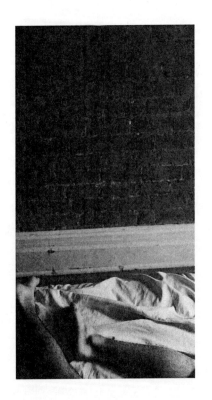

깊은 숨

남자는 백일홍 가지를 꺾어들고 앉아있었다. 구부정한 그의 등 뒤로 저녁 해가 서서히 내려앉았다. 남자는 배드민턴을 치러 가는 길이었는지 배롱나무 둥치엔 큼직한 라켓 가방이 놓여 있었다. 나는 남자를 향해 다가가던 걸음을 멀찍이서 멈추고 그를 좀 더 지켜보았다. 남자는 오른손에 들고 있던 백일홍다발을 왼손에 옮겨 쥐고는 그중 한 가지를 빼내어 바닥에다 대고 끼적거렸다. 가지가 움직일 때 분홍꽃잎이 따라서 한들거렸다. 남자는 나를 기다리는 동안의 무료함을 그렇게 달래고 있었다. 꽃가지들도 기다리다가 지루해서 소일 삼아 꺾었을 것이다. 남자는 그것도 시들한지 허리를 펴고 고개를 들어 하늘을 봤다. 남자가 고개를 쳐들 때 언뜻 사장의 모습이 오버랩되었다. 나는 강하게 도리질 쳤다. 사장일 리가 없다. 사장은 나를 기다려본 적이 없으며 꽃 같은 걸 들고 있었던 적은 더더욱 없었다. 바람이 부는지 배롱나무 가지가 흔들리면서 백일홍 꽃잎이 부스스 남자의 머리 위로 떨어졌다. 집 앞 벤치에 와 있으니 좀 나와 달라는 남자의 문자를 받았을 때 나는 조금 당황했다. 나는 아직 남자에 대한 그 어떤 마음의 준비도 되어있지 않았다. 나는 기다리지 말라는 문자메시지를 띄워놓고 십자수 일감을 다시 집어 들었다. 오늘은 드레스의 윗부분을 완성해야 한다. 남자는 배드민턴을 치러 가야 하니까 웬만큼 기다리다가 돌아갈 것이다. 나는 아이보리색 실을 바늘에 꿰어 가슴 쪽을 메워 나갔다. 내가 요즘 놓고 있는 십자수는 웨딩 도안이었다. 가로36 세로25를 수놓으려면 꼬박 한 달이 걸리는데 이걸 해서 가져다주면 십칠만 원을 받는다. 수고에 비하면 터무니없이 낮은 액수이나 이거라도 해야 사장의 밥상에 갈비살을 올릴 수가 있다. 그러나 요즘은 이 짓도 그만둬야 할 것 같은 위기감이 종종 들었다. 전에 없이 눈이 자주 침침해져 계속 이 일에 매달리다가는 시력을 영 잃을 것만 같다. 전에는 멀리 있는 사물도 또렷이 보였는데 십자수를 놓던 몇 해 동안 은 연중 나빠져 이젠 수예감에 코를 박고 있다가 고개를 들면 사물이 시야에서 분별이 되지 않았다. 그러다보니 솜씨에도 구멍이 생겨 요즘은 수예점 주인도 나를 보는 시선이 곱지가 않다. 웨딩 도안을 가져온 것도 그래서다. 일을 그만두기 전에 꼭 한 번 내손으로 놓아보고 싶었다. 웨딩 도안은 신혼부부들에게 인기가 있어 그동안 수예점으로부터 종종 부탁을 받았었으나 외면해왔다. 어쩐지 내가 수놓은 웨딩 도안은 신혼부부에게 불행을 가져다줄 것만 같았다. 그러나 이번 웨딩 도안은 십칠만 원을 포기하고 내가 간직할 것이다.

신부의 허리선을 따라 윤곽을 잡아가고 있는데 또 문자가 왔다. 남자일지도 모른다고 생각하니 가슴이 철렁했다. 시간은 이미 기다릴 수 있는 한도를 넘어섰다. 다행이 문자는 남자가 아니었다. 남자는 배드민턴을 치러 갔을 것이다. 나는 다시 십자수에 코를 박았다. 그런데 나올 때까지 기다리겠다는 그의 메시지가 새삼 속을 어지럽혔다. 남자는 어쩌면 정말로 기다리고 있을지도 몰랐다. 나는 은근히 남자가 걱정되었다. 나는 십자수 일감을 내려놓고 슬리퍼를 꿰신었다. 한 발 한 발 내딛는데 괜히 가슴이 뛰었다. 반지하에서 바깥으로 연결된 계단은 모두 열여섯 개였다. 계단을 헤아리는 건 사장을 기다릴 때 생긴 버릇이었다. 또박또박 계단을 밟아 지상으로 나오니 바람이 기분 좋게 살갗에 와 닿았다. 벤치에 남자는 없었다. 기다리지 말라고 해놓고 가슴속으로는 헛헛함이 몰려왔다. 나는 슈퍼마켓을 가기 위해 방향을 틀었다. 그러다가 벤치 맞은편 배롱나무 아래 앉아있는 남자를 보았다. 남자는 백일홍 가지를 꺾어들고 구부정한 자세로 앉아있었다. 남자를 보고 있는데 가슴 밑바닥에서부터 따뜻한 것이 차올랐다. 나는 기다리는 데만 너무 익숙해서 다른 사람이 나를 위해 기다릴 수도 있다는 걸 잘 몰랐다. 오랜 시간 사장에 빠져 있느라 다른 사랑이 있을 거라는 생각을 하지 못했다. 그걸 발견하는 순간 꽃들이 나를 향해 만개해 있으며, 나는 사장을 버릴 수도 있다는 생각이 들었다.

"저녁에 갈 거야."

사장의 통고는 언제나 일방적이었다. 내 처지 같은 건 아랑곳없었다. 사장을 그렇게 만든 건 나였다. 사장의 전화를 받은 날엔 모든 걸 접고 시장부터 달려가 가장 싱싱하고 물 오른 것들로 장바구니를 채워 그의 밥상을 차려냈다. 눅눅하고 어둡던 내 집에 사람의 온기가 도는 것이 좋았고 누군가를 위해 밥상을 차리는 내가 너무 신기해서 그랬다. 그런데 요즈음 사장의 전화는 종종 두통을 몰고 왔다. 처음엔 두통약을 삼키고 두어 시간 자고나면 나아지곤 했는데 만성이 되면서 이젠 약도 잘 들질 않는다.

얼마 전에도 사장은 내 집을 다녀가며 두통을 남겼다. 그는 벨도 누르지 않은 채 그냥 성큼 들어서며 미묘한 웃음만 한 번 지어 보이고는 내 방의 주인처럼 행동했다. 그는 두 달 만에 나타나서는 두 시간 만에 다시 온 사람처럼 행동했다.

"너 돈 좀 있니?"

그는 대뜸 돈을 요구했다. 나는 십자수 노동으로 차곡차곡 모아두었던 돈 이십만 원을 꺼내 그 앞에 내밀었다. 그는 그 돈을 달가워하지 않았다. 나는 뭐든 그가 두 번 말하기 전에 알아서 하는 편이었지만 머쓱한 그의 표정 앞에서 아무 짓도 할 수 없었다.

"오백만 원이 필요해."

내 눈이 휘둥그레졌다. 내게 돈이 있을 거라고 생각한다는 게 이해가 안 갔다. 내가 가진 돈이라곤 반지하 단칸방 전세금이 전부이며, 직장도 없이 하루살이처럼 하루하루 살아간다는 걸 그가 모를 리 없기 때문이다. 그러나 그는 돈을 안 주면 꼼짝도 않겠다는 표정으로 나를 노려봤다. 그를 위한 밥상의 갈비살이 싸늘히 식어 차가운 고체 덩어리로 변해갔다.

"당장은 없고 사흘 후에 연락 해봐요."

그제야 그가 갈비를 데워오라며 접시를 내밀었다. 갈비를 데워오자 그는 소주 한 병을 곁들여 갈비 한 접시를 몽땅 비워냈다. 그리고 내 위를 오르기 시작했다.

"넌 천사야. 넌 정말 예뻐."

그는 그렇게 해주면 좋아할 거라고 생각해서 내 귓불에 대고 끊임없이 속삭였으나 그건 뭔가 자신의 요구가 이루어졌을 때면 늘 하던 말이었다. 그는 내 방에 오면 늘 절차처럼 나를 안았으나 요식이 되어버린 행위는 더 이상 나를 달뜨게 하지 않았다. 내가 원한 건 절차가 되어버린 의식이 아니었다. 고통을 어루만져줄 위무, 내가 원한 건 그 한가지였다. 그러나 그는 한낱 위무가 왜 돈보다 섹스보다 좋은지 이해 못 했다. 내게서 내려온 그는 곧바로 잠에 떨어졌다. 나도 자려고 애썼지만 두통 때문에 잠들 수 없었다. 그가 깨어있는 내내 두통을 호소했으나 그는 귀담아 듣지 않았다. 그의 이기심에 이력이 날 만도 하나 사랑에 무게를 두고 있는 한은 절대로 길들여지지 않는 게 있었다. 결별 밖에는 약이 없지 싶어 결별 선언도 수없이 했으나 입으로는 이별을 말하면서도 눈으로는 그를 잡고 있어 이별은 성사되지 않았다. 그는 나를 사랑한다고 하면서 두통에 대해서는 알려고 하지 않았으며, 나를 사랑한다고 하면서 오백만 원이나 되는 거금을 요구했다. 나에 대한 그의 사랑은 그가 나를 사랑한다고 믿는 자기 확신뿐 사랑으로 인해 치러야 할 일들에는 무감각했다. 그와의 관계를 끌어가기 위해 내가 그동안 치른 노력과 희생은 상상도 못할 것이다. 그가 자는 동안 나는 다시 십자수를 꺼내들었다. 사장은 내가 십자수 놓는 것도 좋아하지 않았다. 전에 십자수 놓는 걸 본 적이 있었는데, 그걸 해다가 주면 얼마나 받느냐고 나무랐었다. 나는 대꾸하지 않았다. 그를 위한 소줏값과 갈비살이 이 십자수에서 나오며, 십자수라도 놓지 않으면 하루를 버틸 수 없다는 말을 해봐야 그는 알아듣지 못한다. 십자수를 놓고 있으면 새벽이 빨리 왔다. 나는 십자수 행장을 다시 서랍 깊숙이 숨기고 그를 위해 아침밥을 지었다. 아침상에 생태찌개가 올려지고 한 냄비를 거뜬하게 비운 그가 집을 빠져나가고 나서야 나는 비로소 긴 한숨을 내쉬며 두통을 몰아내는 깊은 잠 속으로 빠져들었다.

긴 잠에서 깨어나 가장 먼저 한 일은 전세 계약서를 다시 쓰는 일이었다. 사장과 약속한 오백만 원을 만들어주기 위해 전세금에서 오백을 빼고 그 오백에 해당하는 만큼의 월세 계약을 맺었다. 거절할 수도 있었던 돈을 굳이 전세금까지 깨가며 주기로 한 건 그를 다시 보지 않기 위해서다. 가져갈 것이 있는 한 그는 계속 찾아올 것이다. 그의 계좌로 오백만 원을 입금하고 돌아오는 길에 치과엘 들렀다. 사랑니를 뽑기 위해서였다. 그를 위해 전세금을 헐고 담담할 수 없었다. 나는 치통으로 마음의 몸살을 잊고 싶었다. 노의사가 내 이빨을 잡고 한참을 고전했다. 내 몸살에 괜히 애먼 노의사를 끌어들였다는 생각이 들어 아주 잠깐 그냥 둘걸 그랬나 후회도 해봤지만 사랑니를 뽑기로 한 건 역시 잘한 일이었다고 생각을 고쳐먹었다. 사랑니는 뿌리째 들어내지 않으면 앞으로도 종종 통증을 안고와 나를 괴롭힐 것이다. 사랑니를 뽑고 진료실을 빠져나오려는데 내 뒤통수에 대고 의사가 말했다.

"마취가 풀릴 때 아플 거예요. 그리고 일주일 동안 술은 절대 안 돼요."

의사는 내게서 술을 마셔야만 될 어둠의 그림자를 본 것일까. 그러나 나는 돌아오는 길에 소주 한 병을 샀다. 그리고 집으로 돌아와 잇몸 사이를 누르고 있던 솜방망이를 뱉어버리고 술을 마시기 시작했다. 절대로 안 되는 일을 하고나면 무슨 일이 벌어질까? 혹시 죽을 수도 있을까?

남자가 백일홍 꽃다발을 오른손으로 옮겨 쥐었다. 왼손
에 땀이 찼는지 손바닥을 좍 펴서 바지에 대고 문질렀다.
백일홍은 가지가 매끄러워 땀이 차면 더 미끈거렸다. 땅거
미가 깔리고 있었으나 남자는 내가 나타나지 않으면 밤이
되어도 돌아갈 것 같지 않았다. 화사하던 백일홍도 어스름
속에 거무튀튀하게 변해갔다. 나는 남자에게로 다가갔다.
남자가 나를 보더니 빙그레 웃었다.

"간 줄 알았어요."

나는 남자 옆에 앉았다.

"저기 벤치로 가요."

남자가 나무둥치에 있던 배드민턴 가방을 들고 일어서
려 했다.

"아니, 나무 아래가 좋아요. 근데 배롱나무꽃을 왜 백일
홍이라고 하는지 알아요?"

내가 남자 손에 있는 백일홍을 보며 물었다.

"백일 동안 오래오래 피어있다고 해서 백일홍 아닌가
요?"

남자가 겸연쩍은지 한마디 하고는 꽃가지를 등 뒤로 슬
쩍 감췄다.

"배드민턴 하러 가야잖아요?"

나는 남자가 배드민턴을 얼마나 좋아하는지 잘 알고 있다. 그런 남자를 너무 오래 기다리게 했다는 자책이 들었다.

"그런 그쪽은 왜 요즘 배드민턴 하러 안 나와요?"

남자는 내가 배드민턴 구장에 나가지 않은 날 수를 세고 있었던 듯했다. 나는 대충 얼버무렸다. 내가 배드민턴을 그만둔 이유를 아무리 설명해도 착하기만 한 이 남자는 알아듣지 못할 것이다. 배드민턴이 내게 생기를 불어넣어 준 건 사실이나 그 변화가 달갑지 않다는 걸 어떻게 설명해야 하나.

배드민턴과 나를 이어준 건 남자였다. 당시 나는 하루하루를 십자수를 놓으며 살아가고 있었다. 노동이라고는 하루 종일 앉아 한 땀 한 땀 수를 놓는 게 전부여서 변비와 생리불순이 잦았고 간헐적으로 위장병도 찾아들었다. 다행이 불면은 없어 십자수를 놓다가 잠에 떨어지곤 했는데 사장을 받아들이고 아버지의 죽음을 접하면서 나는 잘 수 없게 되었다. 나는 불면의 요인을 애써 운동부족으로 돌렸다. 몸을 부린 일이 없으니 잠도 안 오는 거라고 여겼다. 사랑과 아버지의 객사가 평상심을 흔들어놓은 건 사실이나 전에도 그 함량을 훨씬 넘나드는 일은 많았다. 아버지의 폭력으로 엄마가 집을 나가고 그 폭력이 고스란히 내게로 향하던 절망이 지금보다 못하다고 할 수 없었다. 어느날 문득 찾아온 엄마가 자장면 한 그릇을 사주곤 지폐 몇장을 남기고 다시 내 눈앞에서 사라질 때 이러지도 저러지도 못하고 서있어야 했던 체념이 지금보다 덜하다고 할 수 없었다. 그러니까 불면은 난지 운동 부족이다. 나는 운동을 하기로 했다. 운동이래야 동네를 서너 바퀴 도는 게 고작이었지만 그렇게라도 하고 오면 어렴풋이 가수면 상태에라도 빠지곤 했다. 나는 골목을 나와 전파사를 지나고청과상회를 지나쳐 성당으로 뻗어있는 야트막한 언덕을오르내리는 것으로 산책 코스를 마무리하곤 했다. 내가 배드민턴을 만난 건, 아니 남자를 만난 건 바로 그 산책길에서였다. 그때만 해도 그 인적 드문 거리에서 단조로운 일상을 바꿔줄 어떤 계기가 마련되리라곤 꿈에도 생각 못 했다. 산책을 시작하고 일주일쯤 지나서였을 것이다. 내 눈에 낯선 그림이 들어오기 시작했다. 배드민턴 라켓 가방을메고 가는 젊은 부부의 그림이었는데 그것은 내가 산책을하는 모습만큼이나 일상적인 것이었으나 왠지 내겐 낯설게만 다가왔다. 그들은 밤 내내 잠과 씨름하다가 지친 모습으로 나온 나와는 달리 밤을 아주 잘 보낸 싱그러운 표정을 하고 있었다. 밝고 싱그러운 표정. 내가 낯설어했던 건 아마도 그들에게서 뿜어져 나온 밝음이었을 것이다. 나는 밝았던 적이 없었다. 아버지의 그늘을 벗어나면서 삶은 잠깐 내 편으로 옮겨 앉는 듯했으나 사장을 만나면서 다시 어둠 속에 주저앉았다. 가장 빛나야 할 이십대 후반과 삼십대 초반을 나는 사장의 그늘에서 보냈다. 사장을 만나면서 나는 결혼에 대한 꿈을 접었고 부부동반도 남의 얘기가 되어버렸다. 나는 나와는 아주 다른 그 부부를 보다가 문득 그런 생각을 했다. 하릴없이 동네를 도느니 차라리 배드민턴이나 칠까, 하는 생각. 그러나 내가 생각을 실천에 옮기는 일은 쉽지 않았다. 나도 그것이 생각에서만 그칠 것이라는 걸 잘 알고 있었다. 그런데 어느 날부턴가 그 부부의 모습이 보이지 않았다. 달포가 지나도록 보이지 않자 내 의구심은 커져갔다. 그러던 어느 날 그 부부가 다시 모습을 드러냈다. 이번엔 남편 혼자였다. 그 남자는 전과 같은 차림으로 배드민턴 라켓 가방을 메고 걸어갔는데 그 모습이 주는 느낌은 전과는 사뭇 달랐다. 남자의 어떤 부분은 나를 닮아 있었다. 나는 남자를 달라지게 한 아내의 빈자리가 궁금했다. 그때까지만 해도 비행기 추락사 탑승

자 명단에 그 아내의 이름이 들어있으리라는 건 상상도 할
수 없었다. 그러나 내가 낯선 남자에게 말을 거는 일은 쉽
지 않았다. 더구나 남의 아내의 근황을 묻는 일은 더더욱
쉽지 않았다. 아내는 시간이 더 흐르면 나타날 것이다. 그
러나 한 달이 지나도 남자 옆에는 아내가 없었다. 나는 더
기다릴 수가 없어 용기를 내기로 했다. 청과상회 앞을 지
날 때, 나는 저쪽에서 걸어오는 남자를 향해 다가가 말을
걸었다. 저……. 라고 하자, 남자가 돌아봤다. 그런데 그
때 내 입에서 전혀 엉뚱한 말이 튀어나왔다.

"어디로 가면 배드민턴을 칠 수 있나요?"

배드민턴구장으로 가는 길은 모두 세 갈래였다. 하나는
자동차가 다니는 대로이고, 다른 하나는 주택가 골목길,
또 다른 하나는 철길이었다. 대로는 훤해서 좋고, 골목길
은 지름길이라 오가는 시간을 줄여준다는 잇점이 있었으
나 나는 철길로만 다녔다. 철길은 지금은 기차가 다니지
않으나 간혹 아주 간혹 어디서 와서 어디로 가는지 모르
는 석탄 객차가 여명을 뚫고 지나갈 때가 있었다. 내가 산
책길에서 만난 낯선 남자를 따라 배드민턴구장으로 들어
서면서 나의 하루는 배드민턴을 중심으로 돌기 시작했다.

배드민턴을 치는 시간은 고작해야 저녁나절에 불과했으나 나머지 시간이 배드민턴을 치기 위한 기다림으로 채워지면서 나는 하루 종일 배드민턴만 생각하는 사람이 되었다. 나도 우연히 접한 배드민턴에 이렇게까지 빠지게 될 줄은 몰랐다. 나와 운동은 정말 어울리는 짝이 아니었다. 엄마 뱃속에 있을 때 발길질조차 하지 않아 재차 확인을 일삼았다고 하니까. 내가 배드민턴에 빠지게 된 데는 나만의 이유가 있었다. 믿기 어려운 일이지만 배드민턴을 치고 있을 때만큼은 사장에게서 벗어나 있는 걸 발견하곤 했던 것이다. 밥 먹을 때, 세수할 때, 잠잘 때 무의식속으로까지 밀고 들어와 내 전부를 흔들어놓던 그가 배드민턴을 치고 있을 때만큼은 어디론가 감쪽같이 숨어버리는 거였다. 그리고 내가 어떻게 하다가 이곳까지 오게 됐는지, 어떤 깊은 슬픔을 안고 사는지, 그것들로 인해 하루하루를 얼마나 힘들게 버티고 있는지도 배드민턴을 칠 때만큼은 생각나지 않았다. 그건 정말이지 기적과도 같은 일이었다.

　배드민턴을 치고 오니 방문 앞에 눈에 익숙한 신발 한 켤레가 놓여 있었다. 끈 달린 검정 가죽 구두. 사장의 신발이었다. 그런데 너무 낡아 내가 사준 게 아니었다면 선뜻 못 알아볼 만큼 그 구두는 뒤틀리고 바래어 있었다. 구두는 그동안 그와 떨어져 있었던 시간을 느끼게 했다. 나는 오백만 원을 입금하고 돌아오는 길에 사랑니를 뽑고부터 그가 오지 않는 날을 세지 않았다. 전에는 그가 다녀가고 나면 하루하루를 세며 다시 오는 날을 기다렸다. 그렇게 또박또박 하루하루를 세고 있으면 염원이 이루어지듯 어느 날 불쑥 그가 찾아들곤 했다. 그러나 날을 세지 않으면서 그도 오지 않았다. 아니 그가 오지 말라고 날을 세지 않았다. 신발은 있는데 사람은 없는지 현관에 들어서는 기척을 냈는데도 방에서는 아무런 반응이 없다. 나는 배드민턴 라켓 가방을 방문 앞에 세워놓고 문을 열었다. 그는 자고 있었다. 그런데 그 광경이 구두 한 켤레 사 신을 형편이 못 된다는 걸 고스란히 보여주고 있었다. 새우처럼 몸을 깊숙이 웅크리고 미간을 찌푸린 채 잠들어 있었는데, 그 옆에는 혼자 라면을 먹었는지 빈 컵라면 용기와 김치통이 뚜껑이 열린 채 개다리소반 위에 널려 있었다. 그는 밥도 한 끼 제대로 먹지 못한 듯 오자마자 허기부터 달랜 흔적이 보였다. 전에 그는 라면 따위는 먹지 않던 사람이었다. 컵라면은 더더욱. 그는 밥과 국에 고기가 있어야 수저를 들었고, 라면을 먹더라도 냄비에 물을 붓고 제대로 끓

여주어야 먹던 고집 센 남자였다. 그는 다니다가 지치고 배가 고파 나를 찾은 듯했다. 그런데 내가 없자 손수 컵라면을 사다가 먹고 그 자리에서 잠이 든 것이다. 나는 상을 치우고 웅크린 그의 몸에 이불을 덮어주었다. 낡은 구두를 버리고 새 구두도 한 켤레 사왔다. 그리고 밥을 짓기 시작했다. 그러나 새 구두를 사오고 밥을 짓는 긴 그를 위한 것이라기보다는 단지 하나의 몸짓에 불과했다. 나는 사랑니를 뽑을 때 그에 대해 남아있던 미움까지 모두 뽑아버렸다. 완전히 자유로워지기까지는 시간이 좀 더 필요하겠지만 배드민턴이 있으니 문제없었다.

내가 당분간 배드민턴을 쉬겠다고 하자 남자의 얼굴에 그늘이 드리워졌다.

"당신이 없으니까 구장이 텅 빈 것 같아요. 아내 보내고 당신을 보는 힘으로 버렸는데."

남자는 자기 속내를 잘 드러내는 사람이 아니었다. 종종 그의 시선에서 뜨거움 같은 게 느껴진 적은 있었으나 지금처럼 대놓고 얘기한 적은 없었다. 남자는 무슨 작정을 하고 온 듯했다. 그의 고백을 듣는 게 싫지 않았다. 그 앞에 있으면 나도 여느 다른 여자들처럼 상식적인 사랑을 할 수 있을 것도 같았다. 사장도 달콤한 말들을 많이 쏟아냈었다. 그러나 입으로는 사랑한다 하면서 나를 자꾸만 어두운 뒷골목으로만 몰아갔다. 한때는 그의 밥상을 차리며 그를 기다리는 일로 하루를 다 보낸 적도 있었지만 늘 가슴 한 가운데가 묵직하고 답답했다. 아무리 곱씹어 봐도 사장과는 좋았던 기억이 없다. 내가 여상을 졸업하고 경리로 취직했을 때, 소설과 인문서적을 발행하는 사장의 출판사는 어느 때보다 호황을 맞고 있었다. 덕분에 나도 착실하게 월급을 받아 적금을 들 수 있었다. 간혹 알코올 중독인 아버지가 들러 월급을 빼앗아가곤 했지만 폭력만을 일삼던 아버지의 그늘에서 벗어나 살고 있다는 것만으로도 만족해했다. 그러나 호황도 잠깐, 부채로 출판사는 넘어가고 나도 실직했다. 그리고 이듬해 봄, 사장이 나를 찾아왔다. 겨우내 어디서 뭘 했는지 초췌한 몰골이었는데, 나는 찾아온 이유도 묻지 않고 덥석 그를 받아들였다. 하필 그때가 봄꽃 만개한 4월이었다. 봄은 이유 없이 찬연한 햇살만으로도 참담하게 해 느낌 따위의 확인절차를 부질없게 했다. 나는 그를 보는 순간 입이 닫히고 대신 몸이 열렸다. 그와는 사랑을 묻기도 전에 몸이 먼저 알아버린 관계였으나 부끄럽다거나 낯설지 않았다. 사장은 그렇게 햇살의 힘을 빌려 비싼 모피코트를 충동 구매하듯 받아들여졌다. 몸이 익숙해지자 그를 거부할 힘이 없어졌다. 사장은 일주일에 두 번씩 들러 나를 안고 차려준 밥까지 먹고 돌아갔다. 몇 번의 봄이 가고 오면서 사장의 왕래는 눈에 띄게 줄어들었으나 완전히 떠나지는 못하고 있었다. 그는 다시는 안 올 것처럼 하고 갔다가도 다시 오는 일을 반복했다. 그런 일이 반복되자 이별은 내 몫으로 남겨졌다.

날이 어두워지고 있었다. 길 건너 편의점에는 벌써 불이 들어와 있다. 사내아이 둘이 인라인스케이트를 타고 벤치 앞을 씽 지나갔다. 잠깐 흙먼지가 일었다. 그 사이 전파사와 떡집에도 불이 들어와 있다. 남자를 돌려보내야겠는데 남자는 갈 생각을 하지 않는다. 남자가 배드민턴을 얼마나 좋아하는지 아는 나는 그가 배드민턴구장에 있지 않고 내 옆에 있는 게 불편하다. 집 주인여자가 떡집 앞을 지나간다. 어깨에 샤링이 잔뜩 들어간 블라우스를 입고 강아지를 안고 있다. 주인여자가 집으로 가려면 배롱나무 앞을 지나가야 한다. 나는 남자와 같이 있는 게 신경 쓰였다. 아니나 다를까, 저만치에서 오던 여자의 시선이 나를 흘끔 지나 노골적으로 남자에게 가서 박혔다. 내가 인사를 하자 주인여자의 얼굴에 억지웃음이 잠깐 번졌다. 주인여자는 중매 일로 나와 사이가 좋지 않았다. 여자는 얼마 전 내 방을 찾아와 저잣거리의 나이 많은 한 남자를 소개하고 돌아갔다.

주인여자가 방문했을 때 나는 거의 완성된 드레스의 목 선에 포인트를 주기 위해 진주를 박고 있었다. 이층에 사 는 주인여자는 계산만 분명히 해주면 전혀 간섭을 하지 않 아 평소 편하게 생각해왔다. 주인여자는 사장이 드나드는 것도 묵인하는 듯했다. 그러니 주인여자의 방문은 아주 이 례적인 일이었다. 주인여자는 방부터 휘 둘러보더니 내가 놓고 있는 웨딩 십자수에 얼굴을 바싹 들이댔다. 그러더 니 짧게 탄성을 내질렀다. 어머 예뻐라. 신랑신부네. 아가 씨 시집가고 싶은가 보다 그치? 나는 그냥 내버려뒀다. 뭔 가 용건이 있어 온 듯 하나 먼저 묻지 않았다. 용건이래야 집세를 올려달라거나 공과금을 더 내야 한다거나 뭐 그런 따위일 것이다. 십자수를 붙들고 호들갑을 더 떨던 주인여 자는 내가 마음을 놓는 듯하자 은근슬쩍 본론으로 파고들 었다. 아가씬 시집 안 가? 로 시작하는 걸로 봐서 찾아온 용건이 집세나 공과금 때문은 아닌 듯했다. 맨날 이런 것 만 붙잡고 있으면 뭐해. 시집을 가야지, 안 그래? 내가 미

소로 답하자 주인여자는 일설을 풀어놓기 시작했다. 아가
씨 팔자 한 번 안 고쳐볼래? 시장 입구에 가구점 주 씨 있
잖아? 상처한 지 5년쯤 됐는데 맨날 나를 들들 볶지 뭐야?
애들도 다 크고 손갈 게 없어. 그냥 가서 주 씨 시중이나
차분히 들면 돼. 그럼 그 많은 재산 다 누구 게 되겠어, 안
그래? 십자수를 놓던 내 손놀림이 뚝 멎었다. 내가 아무런
대꾸가 없자 주인여자는 탄력을 받아 더 많은 말을 풀어
놓았다. 아가씨가 좋아 지내는 사람 있는 거 다 알아. 근
데 언뜻 보니 마누라 있는 놈 같던데. 내 말 맞지? 그런 놈
맨날 만나 봐야 아가씨 골병만 들고 못써. 여자란 자고로
남자를 잘 만나야 하는 거야. 가구점 주 씨가 나이가 많은
게 좀 흠이긴 해도 사람은 진국이야. 어때 한번 만나볼 테
야? 내가 십자수 바늘을 잘못 찔러 검지에서 붉은 피가 흘
렀다. 그 피는 완성된 십자수 위로 번져 금세 신부의 웨딩
드레스를 붉게 물들였다. 내가 아무 말도 못하고 손끝만
바르르 떨고 있자 그제야 주인여자는 자신이 뭔가 큰 실수
를 했다는 걸 눈치채는 듯했다. 주인여자는 자리에서 일어
나더니 슬금슬금 뒷걸음질을 놓았다. 그러나 주인여자는
나가면서도 끝내 자신이 한 짓이 정당한 것이었음을 주장
했다. 아니, 주 씨가 어때서 그래? 자기한테는 넘치는 자

리구만. 그나마 주 씨나 되니 그런 말을 하지 남의 서방이
랑 놀던 년을 누가 거들떠나 본다고 그래? 나 원 참. 나는
벼락을 맞은 것 같았다. 아니 벼락이라도 맞아 죽고만 싶
었다. 나는 웨딩 십자수를 집게 가위로 갈기갈기 찢었다.
그리고 눈에 보이는 대로, 손에 집히는 대로 집어던졌다.
휴지, 책, 컵 등이 주인여자가 나간 문에 맞아 깨지고 부
서졌다. 그 속으로 신음과 같은 외마디 말이 흘러나와 엉
겼다.

"제발 날 가만 내버려 둬."

어릴 때 내 꿈은 빨리 자라서 공장 같은 데 취직하는 거
였다. 공장에 취직하면 집을 나갈 수 있고 돈도 벌 수 있
다고 생각했다. 그러나 공장 노동자가 공순이로 천대받으
며 자살하는 장면을 지켜보면서 공장은 꿈자리에 놓여야
할 대상이 아니라는 것을 알았다. 그 뒤 내 꿈은 가수로
바뀌었다. 집시와 같은 무명가수. 뿌리를 내리는 일 따위
엔 관심 없는 내게 어울릴 법한 일이었다. 그러나 꿈일 뿐
가수는 어쩐지 버겁게 느껴졌다. 그러자 한적한 바닷가의
카페 여주인이 되고 싶었다. 사람이 없는 곳엔 슬픔이나
분노 따위도 없을 테니까. 그러나 지금 나는 그 꿈의 시기

를 훌쩍 지나 후미지고 습한 기운이 감도는 반지하 셋방에서 아무 것도 아닌 채로 살고 있다. 내가 또다시 어떤 꿈을 꾸든 남은 인생도 결국은 지금처럼 남루하고 초라한 일상의 연속일 것이다.

내게도 좋은 시절이 한 번쯤은 있었다. 그땐 몰랐지만 지나고 나서 보니 그래도 그때가 좋은 시절로 남았다. 꿈자리에 있었던 건 아니었지만 출판사에서 일할 때 나는 행복했었다. 몸은 고달팠지만 내 몫의 책상이 있고, 한 달이 지나 그 수고에 대한 대가를 받을 때 나는 존재감 때문에 가슴이 떨렸었다. 유명한 소설가가 내게 와서 돈을 받아가고 수많은 거래처 사람들이 굽실거리듯 거래를 성사시키고 갈 때 나는 혼자 몰래 삶을 비소하며 자신감도 키워갔었다. 그 속에서 사랑도 했었다. 비록 짝사랑이었지만 사랑의 감정은 또 다른 존재감의 얼굴이었다. 출판사를 드나드는 한 중년의 독신 소설가를 사랑했는데, 그의 여자가 되기에 너무 어리고 보잘것없어 혼자 삭힌 사랑이었지만 내겐 아주 새롭고 낯선 경험으로 남았다. 소설가를 사랑하면서 나는 한때 소설가의 아내가 되는 꿈을 꾸기도 했다. 소설가의 아내가 되면 사랑을 지켜나갈 수 있을 것 같았다. 소설가의 아내로 살면 꿈을 지속시켜갈 수 있을 것 같았다. 가수가 되고 싶었고 바닷가에서 살고 싶었던 내 꿈을, 가수가 되지 못했고 카페 여주인이 되지 못한 내면의 고독을 소설가는 이해해줄 수 있을 것 같았다. 그때 나는 처음으로 나도 글을 잘 썼으면 좋겠다는 생각을 했다. 시인이나 소설가가 될 수 있다면 무명가수나 카페 여주인에 연연해하지 않아도 될 것이었다. 소설가의 아내가 되어 이해받기를 바라지 않아도 될 것이었다. 그러나 나는 나를 풀어낼 아무런 무기가 없었다. 출판사에 출근해 소설가의 책상을 닦는 일밖에는. 그러나 이젠 그마저도 못하고 반지하 월세 방에서 하루하루 십자수를 놓으며 살아가고 있다. 자신의 방으로 돌아간 집 주인여자는 아직도 내가 자신을 향해 왜 그렇게 화를 냈는지 모르고 있을지도 모른다. 늙은 가구점 주인과 타협할 수 없는 나만의 고독을 읽지 못한 그 주인여자는 내 방을 또 찾아올 것이다. 주인여자 눈에 비친 나는 알코올 중독으로 노숙하는 아버지의 딸에, 불륜이나 저지르며 서른을 훌쩍 넘기도록 시집도 못간 한낱 비루한 여인에 불과할 테니까. 내가 살아내야 하는 현실은 상처한 가구점 주 씨의 아내거나 햇빛도 안 드는 반지하에서 십자수나 놓으며 늙어가는 게 전부라고 생각할 테니까. 무명가수나 바닷가 카페의 여주인도 못 되는.

톡, 톡, 톡, 톡. 어디서 배드민턴 치는 소리가 들렸다. 돌아보니 아빠와 중학생쯤으로 보이는 아들이 배드민턴을 치고 있었다. 공은 왕복 세 번을 넘기지 못하고 자꾸만 벤치 주변에 떨어졌다. 내 앞에 떨어진 공을 남자가 주워 아들에게 주었다. 톡톡 토도독 토옥톡 톡톡. 생에 대한 모멸감이 들 때 나는 배드민턴을 치러 갔다. 배드민턴은 내게 재미있는 운동, 그 이상이었다. 그 정체를 딱 꼬집어 말하긴 어렵지만 어쨌거나 그것은 예전에 경험하지 못한 새로운 세계를 안겨주었다. 사장과의 만남도 낯선 경험이었음엔 틀림없었다. 그러나 그것은 두통을 유발했고 늘 모멸감이나 수치심을 불러일으켰다. 배드민턴은 감정의 찌꺼기를 남기지 않았다. 밑바닥에 깔려 있던 모멸감이나 수치심조차 깨끗하게 들어내주었다. 물론 배드민턴에도 사소한 감정의 대립이 아주 없지는 않다. 게임에서 이기려는 승부근성이 앞서다보면 치기가 동하기도 하니까. 그러나 나는 게임에 한창 열을 올리다가도 어느 순간 맥을 탁 놓아버려 그런 인간적인 본능이 스르르 사라져버리곤 했다. 톡톡톡톡. 배드민턴은 내게 또 다른 선물도 안겨주었다. 곁을 죽어라 따라다니던 만성 고질병들이 배드민턴을 치면서 스르르 꼬리를 감추었다. 몸이 고단하니 불면이 올 리 없고 잠을 잘 자니 두통도 사라졌다. 그리고 배드민턴 때문이라고 딱 꼬집어 얘기할 순 없어도 배드민턴을 치는 동안 위장병도 변비도 생리불순도 모두 사라졌다. 사장의 자리에 배드민턴을 가져다놓으니 많은 게 달라졌다.

"내일부터 배드민턴 치러 나올 거죠?"

남자는 다시 한 번 못 박듯 말했다. 남자는 그동안 내가 얼마나 배드민턴에 빠져 지냈는지 잘 알고 있다. 남자가 배드민턴을 그만둘 생각이없는 것처럼 나 또한 그럴 거라고 여기고 있다. 지난 몇 년 배드민턴을 치면서 삶의 온갖 시름을 달랬던 건 사실이다. 그 덕분에 경기에 나가 메달도 따고 건강도 되찾았다. 만일 배드민턴을 만나지 못했더라면 어땠을까? 두통과 위장병은 만성으로 똬리를 틀고 아버지와 사장에 대한 미움은 분노로 변해 운명을 탓하며 하루하루를 견디고 있을 것이었다. 그러니까 배드민턴은 나의 모든 것을 바꾸어놓은 셈이었다. 그런데 이상한 일이었다. 웬일인지 나는 그 모든 변화가 하나도 즐겁지 않았다. 뭔가 알맹이가 빠진 듯 허전하고 몸 둘 바 마음 둘 바 모르는 사람처럼 하루 종일 서성댔다. 그러다보면 공중을 떠다니는 먼지 같은 생각이 들기도 하고 어떨 땐 부유하다가 소리도 없이 사라져가는 가랑잎 같다는 생각이 들기도 했다. 내게서 불행의 요소들이 사라지자 살아있는 것 같지 않았다. 무명가수의 꿈이 사라지고 바닷가 카페 여주인의 그림자가 없어지자 나는 미확인된 비행물체처럼 존재감이 느껴지지 않았다. 그때 나는 알았다. 나를 지탱해주는 지렛대가 불행이란 것을. 그동안 내가 고통을 헤집고 부도덕한 사랑에 붙들려 있었던 건 살아있음에 대한 끊임없는 확인 작업이었음을.

남자가 등 뒤에 숨겨두었던 백일홍다발을 꺼내어 슬며시 내게 내밀었다.

"받아줘요. 당신 주려고 꺾었어요."

꽃잎은 어느새 시들어가고 있었다. 밤 조명을 받아 빛깔조차 거무죽죽했다. 그러나 남자가 들고 있는 백일홍이 내겐 그 어떤 화려한 꽃다발보다 조화로워 보였다. 나는 그 꽃다발을 보다가 문득 그런 생각을 했다. 이 남자는 일상의 행복을 가져다줄 수 있겠구나. 이 남자와 살면 남들처럼 살 수도 있겠구나……. '남들처럼'이란 배드민턴을 치러 갈 때 무거운 라켓 가방은 남자가 들고 나는 물통이나 들고 살랑거리며 따라가는 거라든지, 할인매장에서 남자가 큰 수레를 끌 때 나는 아이스크림이나 빨며 필요한 물건을 집어 수레에 넣기만 하면 되는 그런 사사로운 것이었다. 내가 머뭇거리자 남자가 내손을 잡아끌었다.

"내 사람이 돼줘요."

나는 꽃다발을 받고 싶었다. 이 꽃다발만 받아 쥔다면 나도 남들처럼 살 수 있었다. 한낱 꿈에 머물렀던 일이 내게도 현실로 다가올 수 있었다. 새로운 청사진이 펼쳐지자 순간 내 몸을 휩싸고 돌던 어둠의 그림자가 온데간데없이 사라지고 꽃잎처럼 몸이 가벼워졌다. 현실의 힘은 그 어떤 환상이나 이데아보다 강해 내가 믿고 있던 신념이나 삶의 요소를 한순간에 날려 보냈다. 그러나 나는 꽃다발을 받으려다 멈칫했다. 불행의 요소들을 떨쳐버리고 살아갈 수 없었다. 무명가수와 바닷가 카페 여주인의 꿈을 접고 살아낼 수 없었다. 남자는 배드민턴에 다름 아니었다. 나는 이미 배드민턴만 치면서는 살아갈 수 없다는 걸 알아버렸다. 내가 자신만의 우물을 안고 사는 한 남자도 행복할 수 없을 것이다. 사랑밖에 할 줄 모르는 이 남자를 불행하게 할 수는 없었다. 나는 꽃다발을 정중히 사양했다. 남자의 얼굴에 그늘이 살짝 드리워졌다.

"배롱나무는 꽃대가 아주 늦게 나온다죠? 그렇지만 일단 피고나면 아주아주 오랫동안 예쁘게 피어있대요."

남자가 둥치에 있던 배드민턴 가방을 들고 일어나 멀어져갔다. 배롱나무 아래 백일홍 다발만이 덩그마니 남았다. 그 위로 검붉은 꽃잎이 몇 장 부스스 떨어져 내렸다.

슬픈 아다라시

슬픈 아다라시

당신이 올 시간이다. 나는 자위기구를 침대 옆으로 밀어냈다. 진동을 멈춘 막대봉이 배를 타고 손등으로 흘러내리다가 바닥에 툭 하고 떨어졌다. 봉이 손등을 스칠 때 끈적한 것이 묻어났다. 봉의 위치가 바뀐 걸 보고 당신은 그러겠지. 이젠 기구에 의지하지 말고 손으로 하도록 해봐요. 당신은 내가 고작 왼 손가락 몇 개를 움직이게 된 것에 대해 지나치게 기대를 하고 있는 듯했다. 그 바람에 TV를 켜고 전화를 거는 건 되었지만 자위는 무리였다. 현관문 밖에서 또각거리는 구둣발 소리가 났다. 당신이다. 나는 얼른 DVD를 끄고 TV를 켰다. 성인물을 보는 나를 당신은 좋아하지 않았다. 삐리리릭. 기계음이 들리고 현관문이 열렸다. 오늘은 십오 분 늦었다. 당신은 한 시간까지도 늦은 적이 있었다. 당신은 들어서며 된 숨 섞인 소리로 저

왔어요, 한다. 오는 길에 쇼핑을 했는지 바스락거리는 비닐봉지 소리가 났다. 당신은 초인종 누르는 걸 또 깜빡했다. 나는 잠든 채 맞이하는 게 싫어 초인종으로 먼저 신호를 넣어놓고 들어와 달라고 부탁했는데 당신은 번번이 잊어버린다. 잘 잊어버리는 건 그것뿐만이 아니다. 당신은 삼겹살을 사면서 마늘을 빠트렸고, 샴푸가 떨어졌는데 치약을 사가지고 왔다. 때로 당신은 귀엽다. 당신은 쇼핑해온 물건들을 정리하느라 부산스럽다. 나는 당신이 내 침대 머리맡에 와서 머리를 쓸어 올려주며 밤새 안부도 묻고 내 동댕이쳐진 봉에 대해서도 참견해주길 바라지만, 인사치레로 하는 말과 몸짓이 얼마나 공허한지 아는 당신은 그런 짓 따위는 하지 않는다. 말하자면, 나는 또 부질없는 기대를 한 셈이다. 식재료를 넣어두려는지 냉장고 여닫는 소리가 여러 번 들리고 다용도실 문도 열렸다 닫힌다. 당신은 사들이는 걸 좋아했다. 모르긴 해도 냉장고 속엔 유효기간 지난 소시지와 말라비틀어진 오이가 썩어가고 있을 것이다. 오래전 소시지 조림과 오이 무침을 한 번 먹은 후로 내 밥상에는 더 이상 그 재료가 들어간 반찬이 올라오지 않았다. 냉장고 여닫는 소리는 더 이상 들리지 않는다. 대신 베란다 창을 여는 소리가 들린다. 당신은 내 방에도 들어와 연다. 내 방 창문은 가장 늦게 열었지만 정작 당신이 열고 싶어 하는 건 내 방 창임을 나는 알고 있다. 서른 넷 불구의 사내 냄새를 당신은 못 견뎌 했다. 당신이 올 때마다 창문이란 창문은 모두 열고 쓸고 닦아도 다음날이면 또 어김없이 그 냄새가 꽉 차올랐다. 후덥한, 물비린내 같은. 당신이 그랬다. 물비린내 같은 냄새가 난다고, 그래서 역겹다고. 나는 창으로 눈을 돌렸다. 당신이 열어놓은 창으로 환한 햇살이 들이친다. 한줌 바람도 묻어있다. 물비린내가 빠져나간 창 모서리엔 모과나무 가지가 걸쳐져 있다. 하룻밤 새 모과는 더 노래졌다. 열매를 보자 입 안 가득 침이 고였다. 모과나무 뒤로는 흑염소탕 간판이, 또 그 뒤로는 교회 십자가가 보인다. 내겐 너무 익숙한, 한편으론 낯선 풍경이다. 내게 보이는 바깥 사물은 TV에서 보는 것과 다르지 않다.

아침밥을 짓는지 부엌에서 요란한 소리가 났다. 당신은 아직 아무 말이 없다. 내가 오늘을 얼마나 기다려왔는지 잘 아는 당신은 밥보다는 먼저 오늘 일에 대해 얘기했어야 한다. 당신은 혹 오늘 섹스하러 가는 걸 잊고 있는 건 아닐까. 아니다. 당신은 어제도 가면서 오늘 오후 네 시, 미미모텔이라고 다시 한 번 못 박았고 뭘 입히면 좋을지 모르겠다며 내 옷장을 열어 이것저것 뒤적이다가 돌아갔다. 혹시 일이 틀어진 건 아닐까. 이런 일은 모텔 앞까지 와서도 생각이 바뀔 수 있다. 아직 하루가 남았다면 밤사이 섹스파트너의 마음은 얼마든지 변할 수 있다. 그러나 잘못됐다면 잘못됐다고 말할 사람이다. 당신은 말이 없는 편이 아니다. 당신이 조선족이라는 건 어눌한 말투 때문에 알았지만 당신에게 한국인 남편이 있고 자식이 둘이라는 건 직접 말하지 않으면 몰랐을 것이다. 지금은 그 남편과 헤어져 혼자 지낸다는 것도. 나는 기다려보기로 했다. 오늘 내가 섹스하러 가는 건 나못지 않게 당신에게도 중요한 일이다. 당신은 내 섹스파트너를 구하기 위해 두 달을 이 일에 매달려왔다.

"섹스 해보고 싶어요."

내 입에서 처음으로 섹스라는 말이 튀어나왔을 때 당신은 베이글을 한입 가득 넣고 우물거리다가 놀라서 쳐다봤었다. 식물 같은 존재에게도 성욕이란 게 있었나. 더구나 여자와 하는 섹스라니, 말도 안 된다는 표정이었다. 서른네 살이 되도록 섹스를 머리로만 해야 하는 고충을 당신이 알 리 없었다. 앞으로도 영원히 섹스를 할 수 없을 거란 절망을 당신이 알 리 없다. 나는 섹스가 하고 싶은 게 아

니라 '해보고 싶은' 거였다. 그 안은 어떤 느낌일까. 따뜻
할까. 자릿할까. 나는 여자의 질 속이 미치도록 궁금했다.
단순히 하고 싶은 게 아니라 해보고 싶다는 내 말의 의미
를 당신이 얼마나 이해했을지는 모르나 당신이 반응했다
는데 일단은 만족했다. 내가 섹스를 하려면 당신의 도움이
절대적으로 필요했다. 누나가 있으나 그런 부탁을 할 수는
없었다. 당신이 내 섹스파트너가 되어준다면 더 바랄 게
없겠으나 그런 요구는 자칫 당신을 잃을 우려가 있었다.
나는 장애인도 성을 누릴 권리가 있으며 외국에는 섹스자
원봉사자도 있다는 그럴 듯한 말로 당신을 설득했다. 당신
은 잠시 고민하는 듯했으나 이내 수긍하며 알아보겠다고
했다. 당신의 동조는 이 일이 잘됐을 경우 내게서 톡톡한
보상이 주어지리라는 기대치가 한몫 했을 것이다. 당신은
그날부터 이 일에 매달렸다. 그러나 한국 실정에 어두운
당신에게 섹스파트너를 알아보는 일은 힘든 숙제였다. 인
터넷 메신저에서도 돌아오는 반응은 싸늘했다. 이 일은 애
초부터 불가능한 시도였는지 몰랐다. 그런데 얼마 전 당신
은 섹스파트너가 나타났다면서 해맑은 미소로 내 앞에 나
타났다.

주방에서 콩나물국 끓는 냄새가 구수하게 풍겨온다. 멸

치도 볶는다. 오늘은 꽈리고추를 사온 모양이다. 어제 멸치조림을 하려던 당신은 멸치는 사고 꽈리고추는 사오지 않아 요리를 못 했었다. 나는 멸치조림에 꼭 꽈리고추가 들어가야 하는 건 아니라고 했으나 당신은 전에 일하던 식당에서 그렇게 배웠다면서 꼭 꽈리고추를 넣어야 한다고 우겼다. 그런 고집 때문인가, 당신의 음식은 먹을 만하다. 당신은 볶음 요리를 잘했다. 그중에서도 주꾸미볶음은 최고다. 주꾸미나 낙지볶음처럼 매운 음식이 있는 날에는 조개탕을 곁들이는 센스도 잊지 않았다. 나는 당신이 일하는 걸 보고 싶어 휠체어로 좀 옮겨달라고 말한다. 이 집은 다 좋은데 당신을 볼 수 없는 게 흠이다. 일자형 내 빌라는 방안에 갇히면 아무 것도 볼 수 없다. 당신이 물 묻은 손을 옷에 쓱쓱 닦으며 휠체어를 밀고 들어섰다. 방바닥에 있던 막대봉이 휠체어 바퀴에 밀려 또르르 침대 밑으로 들어갔다. 당신의 시선이 잠시 그 봉에 머물렀다가 침대로 왔다. 당신이 어제 봉을 놓아둔 자리는 침대 왼쪽이었다. 봉의 위치가 바뀐 걸 보고 당신은 내가 자위한 걸 알아챘을 것이다. 이불을 걷는 당신의 미간이 조금 찌푸려진다. 아침에 했나 보네. 아직 젖어있는걸? 당신은 감정을 숨기며 무덤덤하게 말한다. 그리고는 물수건을 가져와 성기 주변을 꼼꼼히 닦아준다. 나는 당신이 내 성기를 만질 때 묘한 수치심을 느낀다. 그러면서도 오래오래 만져주길 바란다. 내 몸은 아직 성애에 젖어있었다. 나는 당신이 오기 전 성인용 DVD를 보고 있었다. 주인공은 잡지사 기자와 소설가의 아내였다. 기자가 소설가에게 원고를 청탁하러 왔다가 집에 없자 그 아내와 정사를 벌이는 내용인데, 감정이 이입되는 과정도 없이 바로 섹스 신으로 넘어가는 게 어이없고 황당했었다. 성인물이 다 그렇지 뭐, 하면서도 기자와 소설가 아내가 절정에 치달을 때 내 손은 어느새 성기를 더듬고 있었다. 그러나 내 손은 너무 더뎠다. 나는 당신이 성인용품 전문점에서 특수 제작해서 가져다준 기다란 진동봉을 입에 물고 성기를 자극했다. 얼마가지 않아 내 몸은 축축해졌다. 당신이 미끈거리는 물수건을 치우고 새 팬티를 입혀주었다. 당신이 고개를 숙이고 움직일 때마다 깊게 패인 옷 속에서 가슴이 출렁거렸다. 자위할 때 내가 당신의 알몸을 떠올린다고 하면 당신은 어떤 표정을 지을까. 당신의 몸은 아직 쓸 만하다. 살집이 있긴 하나 허리선도 오목하고 다리 선도 곧다. 아이를 둘이나 낳았으니 처녀 때보다 가슴은 좀 쳐졌겠지만 그게 더 육감적이다. 유두는 검은빛일까? 피부는 꽃잎처럼 부드럽고 미농지처럼 매끄럽다. 쌍꺼풀 없는 눈과 낮은 코는 예쁜 얼굴은 아니나 지루하지 않다. 나이는 마흔 정도? 당신은 아직 나이를 정확하게 얘기한 적이 없었다. 한국에 와서 살면서 나이 따위는 잊은 지 오래되었다고 했다.

당신이 한국에 와서 처음 한 일은 식당 주방 일이었다. 중국에서는 전문학교를 나왔으나 한국에서 먹힐 리가 없었다. 당신은 식당 설거지에서부터 갈빗집 홀서빙, 여관 청소 등 닥치는 대로 일을 했다. 그러나 조선족이라는 꼬리표는 어디나 따라다녀 가는 데마다 무시당하기가 일쑤였다. 당신에게는 울타리가 필요했다. 그래서 친절하게 대해주던 한 남자를 따라갔다. 그 남자는 직업소개소 소장이었다. 한국 실정에 어두운 조선족 여자가 돈을 벌겠다고 처음 직업소개소에 찾아들었을 때 그 남자는 이미 당신을 먹잇감으로 찍어놓고 있었다. 한국말도 서투른 당신에게 따뜻한 커피를 주고 순번도 한참 뒤인 당신에게 갈빗집이며 여관청소일이며 먼저 일감을 줄 때 당신은 늙은 소장의 속셈을 알아챘어야 했다. 그에게 다 큰 자식이 셋이나 있고 손찌검이 심하다는 걸 알고 체류 마감일에 맞춰 본국으로 돌아가려했을 때는 이미 늦었다. 당신은 그의 둘째 아이를 임신하고 있었다. 하는 수 없이 당신은 체류기간

을 연장하고 한국에 눌러앉았다. 당신이 살았던 둥베이지
방엔 가족과 중국 남편의 묘지가 있지만 돌아가는 일은 요
원하다. 그때 당신이 내 누나를 만난 건 행운이었다. 그건
누나에게도 내게도 모두 좋은 일이었다. 당신은 나로 인
해 당신의 남편으로부터 벗어날 일자리와 돈을 얻고, 누나
는 당신으로 인해 내 병상으로부터 해방되었으며, 나는 돈
을 지불함으로써 미안해하지 않아도 되는 도우미를 얻은
셈이었다. 나는 누나가 자신의 인생을 포기해가면서까지
나를 돌보는 데 대해 늘 마음의 짐을 안고 있었다. 처음엔
당연하다 여겼으나 혈육이라고 해서 다 누나 같지는 않다
는 걸 시간이 흐르면서 알았다. 누나를 그렇게 만든 건 하
느님이었다. 그 때문에 나는 일주일에 한 번씩 누나와 같
은 신을 섬기는 사람들의 방문을 받고 그들이 외우는 주기
도문을 따라서 합송해야 했다. 그들이 내 몸 한 자락에 손
을 얹고 하늘에 계신 우리 아버지를 부를 때는 다 집어치
우라고 소리라도 지르고 싶었지만 누나를 조금이라도 덜
힘들게 하는 길은 누나의 신께 동조하는 일이라는 걸 알기
에 나는 꾹꾹 참아가며 버텨왔다. 그렇게 꼬박 몇 년을 신
의 딸로 나를 돌보는 일로만 소일하던 누나가 내 집을 방
문하던 키 작은 신의 아들과 눈이 맞아 결혼을 했다. 결혼

을 해서도 누나는 나를 돌봐야 한다며 가까운 곳에 신혼집을 얻었다. 그런데 자식이라는 새로운 가족이 생기면서 누나는 점점 내게서 멀어져갔다. 대신 다른 사람을 들여보냈다. 장애인센터 활동보조인이 드나들기도 하고 구청에서 소개받은 도우미가 오기도 했다. 그러나 그들은 짧게는 일주일, 길게는 세 달을 버티다가 모두 홀연히 떠나갔다. 내 자살 소동을 견디지 못한 탓이었다. 나는 한때 죽으려고 아무 것도 먹지 않았다. 손발을 움직일 수 없는 내가 죽음을 부를 수 있는 길은 거식증밖에 없었다. 그들은 모두 내게 밥을 먹이기 위해 안간힘을 쓰다가 지쳐서 나갔다. 누나도 함께 지쳐갔다. 그때 허드렛일을 전전하며 생계를 꾸려가던 당신을 누나가 발견했다. 누나는 당신이 조선족인게 오히려 좋았다고 했다. 우직함인지 순박함인지는 몰라도 적어도 당신은 아픈 사람을 버리고 갈 것처럼 보이지 않았다고 했다. 더구나 당신에겐 돈을 벌어야 한다는 큰 약점이 있었다. 당신이 버는 돈은 양육비라는 이름으로 당신의 남편과 함께 사는 여자 밑으로 끝도 없이 들어갔지만 당신은 잘 참았다. 그런 당신에게 나이를 헤아리는 일은 사치였다.

"직접 해봐요. 할 수 있죠?"

당신은 나를 휠체어에 앉혀놓고 저만치 물러났다. 나는 젖 먹던 힘까지 다해 바퀴를 굴려 거실까지 나오는 데 성공했다. 거봐요, 할 수 있잖아요. 당신은 환한 미소를 건네며 주방 쪽으로 갔다. 당신은 좋은 도우미임이 틀림없다. 뒤에서 휠체어를 미는 것보다 내가 끄는 걸 지켜보는 게 더 힘들다는 걸 나는 안다. 당신은 쟁반에 밥과 국과 반찬을 담아 휠체이에 올려주었다. 콩나물무침과 멸치조림이 반찬이다. 이달엔 생활비도 넉넉히 더 주었건만 반찬이 부실하다. 특히 오늘 같은 날은 잘 먹어야 하는데, 당신은 정말 섹스하러 가는 걸 잊고 있는 건 아닐까. 그러나 반찬 따위로 당신의 심기를 건드릴 생각은 없다. 누가 뭐래도 당신은 나를 미미모텔까지 데려다 줄 사람이다. 나는 왼손을 가까스로 움직여 밥을 떠 넣었다. 들어가는 것보다 흘리는 게 더 많다. 그러나 나는 당신의 도움을 사양한다. 휠체어도 혼자 탔으니 밥도 혼자 먹을 것이다. 내가 휠체어를 타게 된 건 얼마 되지 않았다. 나는 십여 년을 전신마비 상태로 침대에 누워 있었다. 태권도 유단자이던 나는 상대 선수에게 잘못 맞아 경추를 다치면서 장밋빛 인생에 대한 꿈을 접어야 했다. 그러던 것이 1년 전부터 왼팔의 감각이 조금씩 살아나기 시작해 휠체어에 앉는 게 가능해졌다. 손가락이 움직이자 밥도 먹을 수 있게 되었다. 의사는 기적이라고 했다. 그러면서 더 이상의 기대는 안 하는 게 좋을 거라는 말도 덧붙였다. 나는 애초부터 의사의 말 따위는 믿지 않았다. 휠체어를 타게 되면서 문지방을 없애는 공사도 했다. 양손을 모두 쓸 수 있게 된다면 주방이나 세면기를 낮추는 공사도 해야 할 것이다. 내가 밥을 먹기 시작하자 당신은 욕실에서 시트를 빨았다. 여러 번 자위의 흔적으로 갑종이처럼 딱딱해진 시트를 당신은 발로 우걱우걱 밟았다. 나는 빨래하는 당신이 보고 싶어 휠체어를 욕실 방향으로 틀었다. 물컵을 조심해야 하는데 바퀴를 굴리다가 물컵에 꽂혀 있는 빨대를 건드려 바닥에 엎지르고 말았다. 소리가 나자 당신은 종아리에 비누 거품이 묻은 채로 뛰쳐나왔다. 당신은 아무 말 없이 걸레를 가져다 바닥을 닦았다. 쟁반을 엎지르지 않은 게 다행이다. 처음 수저질을 시작할 땐 밥을 뜨면서 국그릇을 건드려 대접을 엎질렀고 국을 뜨면서는 반찬을 건드려 사기 접시를 깼다. 그런 일이 잦자 내가 받아먹는 그릇은 모두 스테인리스나 플라스틱으로 바뀌었고 내 목에는 온몸을 가리고도 남을 큰 앞치마가 채워졌다.

"미안해요."

나는 미안하다고 말하지만 미안해하지 않아도 된다. 당신이 돌아갈 때 만 원짜리 두어 장을 쥐어주면 된다. 당신도 그걸 알고 불편함을 잘 참는다. 속으로는 내가 당신을 더 번거롭게 하기를 바라는지도 모르겠다. 내 일거수일투족이 당신에겐 곧 돈이니까.

저기…… 엎드려 바닥을 닦던 당신이 고쳐 앉으며 무슨 말인가를 하려다 만다. 오전 내내 이 집안의 공기를 쥐고 있던, 섹스하러 가는 것에 대해 당신은 이제 말하려나 보다.

"지금이라도 그만둘까요?"

결국 당신은 이 말이 하고 싶었던 게다. 지금까지 내내 말이 없다가 이럴 때 얘기를 꺼내는 걸 보니 당신은 포기시킬 구실을 찾고 있었나 보았다. 그러나 내가 이 일을 얼마나 간절히 원했는지 아는 당신은 그만둔다는 얘기를 그렇게 쉽게 해서는 안 된다. 물론 당신은 내키지 않을 수도 있다. 돈이 생기는 일이긴 하나 일말의 고민이 없지는 않을 것이다. 모든 걸 떠나 내가 원한 일이니까 좋은 일 하는 셈 치자고 스스로 다독여도 속에서 차오르는 욕지기가 있을 것이다. 더구나 숟가락질도 잘 못 해 물컵이나 엎지르는 주제에 섹스라니, 당신이 보기에 한심해 보일 수도 있었다. 그러나 이제 와서 그만둘 수는 없다. 그만두려면 애초에 그만뒀어야 했다. 섹스를 해보고 싶다고 했을 때, 터무니없는 생각이라고, 그럴 여자도 없을 뿐더러 그래서도 안된다고 애초부터 싹을 잘랐더라면 나는 생각에서만 그쳤을지도 모른다. 그런데 당신은 내 말에 솔깃해하며 안 될 것 같은 일을 될 것처럼 여기 저기 알아보고 다녔다. 그러는 동안 내 바람은 눈덩이처럼 커져버렸다. 그 많은 밤 나를 들뜨게 해놓고, 드디어 섹스파트너가 나타나 나를 탁구공처럼 튀어 오르게 해놓고 새삼스러울 것도 없는 고작 물컵 하나 엎지른 일로 주춤거리다니 말도 안 된다. 나는 대답 대신 목욕이 하고 싶다고 했다. 목욕이 섹스를 하러 가기 위한 준비라는 걸 당신은 모르지 않을 것이다.

그때 당신의 핸드폰이 울렸다. 순간 나는 긴장했다. 전화는 섹스파트너일 확률이 높았다. 무슨 문제라도 생긴 걸까. 그러나 당신은 전화기를 들고 욕실로 들어가 문을 쾅 닫는다. 나는 안도했다. 당신이 자리를 피할 때는 남자 전화다. 남자는 두 부류인데 하나는 애인이고 다른 하나는 전 남편이다. 그 구분을 나는 아주 쉽게 한다. 애인일 경우 당신의 표정은 전화기를 들 때부터 살짝 상기되어 있다. 전화를 끊고 욕실에서 나올 때는 전화기를 쥔 손이 가슴께로 올라와 있고 들뜬 듯 만 듯 혼자 이 방 저 방을 서성댄다. 그리고 이후 내내 상냥하다. 전 남편일 경우는 전화기를 쥔 손에 유난히 힘이 들어가 있고 어떨 땐 분노를 삭히느라 부르르 떨기도 한다. 그리고 이후 내내 퉁명스럽다. 지금 전화는 전 남편일 확률이 높다. 쾅 하는 욕실 문소리에 벌써부터 화가 묻어 있었다. 나는 욕실 앞으로 다가가 귀 기울여보았다. 당신의 사생활을 엿보는 건 내 취미다. 웅얼웅얼 들리던 낮은 소리가 갑자기 커지더니 뚝 끊긴다. 그러더니 잠시 후 벨소리가 다시 들린다. 남편이 다시 건 모양이다. 벨소리는 끝도 없이 울리나 당신은 받지 않는다. 이따가 섹스하러 가야 하는데 당신이 화가 난 게 마음에 걸린다. 유행이 한참 지난 여가수의 노래는 끝도 없이 욕실 안을 맴돈다. 나는 벨소리가 조금 촌스럽다는 생각을 한다. 유행가를 벨소리로 했을 때는 유행 따라 벨소리도 바꾸어주겠다는 얘긴데 당신은 그때 그 벨소리를 여태 쓰고 있다. 당신은 벨소리 다운받는 걸 할 줄 모른다. 그렇다면 그 남자와는 헤어진 걸까. 몇 달 전 당신은 어떤 남자의 전화를 받고 나갔다가 들어오면서 핸드폰 벨소리를 바꾸어가지고 왔다. 이제 벨소리는 더 이상 들리지 않는다. 대신 첨벙대는 물소리가 들려왔다. 시트를 빠는 모양이다. 당신은 빨랫감에 분풀이를 하고 있을 것이다. 나는 당신이 이해되지 않았다. 남편과는 깨끗이 정리가 되었다면서 뭐가 남아 아직도 화를 삭여야 하는지. 더이해가 안 가는 건 아이들 핑계로 남편 집을 들락거린다는거다. 며칠 전에도 당신은 아이들을 보러 전철과 버스를갈아타가며 남편 집을 다녀왔다. 뭐 어때요. 헤어지면 원수 되는 건가요? 그러면서도 당신은 남편 집을 다녀온 다음날 간밤에 잠을 못 자 치통이 도졌다며 진통제를 한 움큼 삼켰다. 당신의 치통은 벌써 오래된 일이다. 의사는 신경치료를 받고 어금니를 새로 박아야 한다고 했다는데 당신은 약으로 버티고 있다. 세상에는 어쩔 수 없는 일이,내가 이해할 수 없는 일이 많고 많았다. 내가 그녀를 잊는데 십 년이 걸렸던 걸 보면 남의 얘기도 그리 쉽게 할 건아니다. 당신이 전쟁과도 같은 결혼생활을 치러내고 있을때 나는 떠나간 그녀 때문에 허구한 날 불면의 밤을 보냈다. 그녀는 나와 이 년을 사귀고 일 년 동안 병상을 지키다가 떠나갔다. 의사로부터 절망적인 얘기를 듣고 더 이상그녀를 잡아둘 수 없어 떠나라고 했는데 그녀는 정말 떠나갔다. 말은 그렇게 해도 나는 그녀가 내 곁에 좀 더 머물러주기를 바랐다. 내가 절망을 견뎌낼 수 있는 힘을 얻을

수 있을 때까지면 족했는데 그녀는 뭐가 겁이 났는지 간다
는 얘기도 없이 황망히 떠나갔다. 그렇게 가버린 그녀를
나는 십 년을 기다렸다. 미워하면서 그리워하면서 오지 않
을 줄 알면서 기다렸다. 당신이 이런 내 얘기를 듣는다면
전남편과 실랑이를 하고 있는 당신보다 내가 더 이해할 수
없는 사람이라고 할지도 모르겠다.

　부르르. 세탁기 떠는 소리가 들렸다. 탈수를 하는 모양
이다. 욕실에서 나온 당신은 건조대에 시트를 널고는 출출
한지 냉장고에서 바나나를 꺼냈다. 에구머니나, 다 썩었
잖아. 바나나를 꺼내던 당신의 인상이 찌그러진다. 껍질
이 흑갈색인 것이 얼추 보기에도 못 먹게 생겼다. 당신은
바나나를 들고 덜 상한 게 없나 이리저리 살핀다. 가운데
것은 먹을 만한지 송이에서 두 개를 떼어냈다. 껍질을 벗
기니 속은 더 멀쩡했다. 당신이 바나나 한 개를 내게 건넸
다. 한 입 베어 물자 완전히 농익은 바나나는 부드러운 솜
사탕처럼 입에서 녹았다. 폐기 직전의 바나나가 이렇듯 부
드러운 속살을 숨기고 있었다니. 어쩌면 남루한 일상 중에
도 잘 들여다보면 달콤한 면면이 한두 가지쯤은 있을지도
몰랐다. 오늘 내가 섹스하러 가는 일처럼.

　당신은 욕실로 가서 물을 받았다. 욕조에 물이 차오르

는 동안 당신은 내게로 와서 옷을 벗겼다. 앙상한 몸이 한 눈에 드러났다. 나는 부끄러워 몸을 움츠리지만 마음뿐 몸은 하나도 움직이지 않는다. 당신이 태연하게 나를 휠체어에서 끌어내려 욕실로 끌고 갔다. 제 몸무게보다 많은 나를 끄느라 당신의 입에서는 간간이 힘든 한숨이 배어나왔다. 목욕은 당신 일이 아니었다. 목욕은 일주일에 한 번 위층 남자가 와서 시켜주고 갔다. 남자는 이틀을 더 기다려야 온다. 당신이 무거운 짐짝을 옮기듯 나를 욕조로 텀벙 집어넣었다. 풀썩 하고 물소리가 나며 나는 욕조로 미끄러졌다. 당신이 목욕타월로 내 몸을 가볍게 문질렀다. 아무런 감각이 없다. 나는 당신의 손길을 느끼려고 애썼다. 이 순간을 즐기기 위해 모든 불순한 상상력을 동원했다. DVD성인물을 떠올리자 서서히 피가 가운데로 쏠렸다. 일본 소설도 떠올렸다. 중증 장애인인 아들을 목욕시키던 엄마가 매번 곧추선 성기를 보고 자신의 몸을 대주다가 아버지에게 들켜 이혼에 이른다는. 일본 소설에서처럼 당신에게도 모성애가 있어 내게 몸을 대준다면 그보다 더 좋은 일은 없을 것이다. 굳이 힘들게 섹스파트너를 찾아 나서지 않아도 될 것이었다. 당신은 간간이 된 숨만 내뱉을 뿐 감정은 싣지 않는다. 등과 가슴 쪽을 씻어 내리던 당신의 손이 점점 가운데로 압박해 들어왔다. 그런데 가운데로 오려던 당신의 손이 일순간 흠칫 했다. 어느새 내 성기가 빳빳하게 곧추서 있었던 것이다. 당신의 얼굴에 잠깐 불쾌한 빛이 스쳐지나갔다. 목욕 중에 모정의 욕정을 느꼈다는 게 불쾌감을 자아낸 것 같았다. 나는 당신이 내 성기를 건드려주길 바랬지만 당신의 손은 가운데를 떠나 다리 쪽으로 갔다. 나는 더 이상 당신이 나를 어떻게 해주리라는 기대를 접었다. 당신은 몸에 대해 인색했다. 처음 내 이불에서 자위의 흔적을 보던 날, 당신은 놀라 돌아간 후 내 집에 오는 길에 성인용 DVD를 빌려가지고 왔다. 미안해요, 내가 뭘 몰라서, 말하지 그랬어요, 다들 그렇게 한다는데. 그러면서 당신은 일을 마치고 돌아가기 전에 DVD를 꽂아주고 갔다. 당신은 장애인 센터에 가서 물어봤을 것이다. 장애인도 성욕이 있나요? 자위도 하고 그러나요? 그럼요, 당연하지요. 왜 장애인은 성욕이 없다고 생각하나요? 그날 당신은 그들이 얘기해주는 장애인의 성에 대해 아주 자세히 듣고 왔을 것이다. 그 후로 당신은 젖은 내 속옷을 보고 놀라지 않았다. 그러나 그게 다였다. 팬티를 갈아입히고 자위도구를 대줄 뿐 더 이상은 하지 않았다. 나는 당신이 내 몸에게 좀 더 적극적이길 바랐다. 자위를 돕고 섹스를 하는 것이 밥을 먹이고 목욕을 시켜주는 것과 무엇이 다른가.

욕조의 물을 모두 쏟아내고 헹굼에 들어갔다. 목욕을 하는 동안 당신의 옷은 흠뻑 젖어 티셔츠 밖으로 유두가 드러났다. 발기된 가슴을 보자 내 몸의 가운데가 더 무거워졌다. 당신이 나를 욕조에서 끌어내려고 버둥거렸다. 당신이 흔들릴 때마다 당신의 가슴이 얼굴에 와 닿았다. 나는 더 견디지 못하고 당신의 가슴에 얼굴을 묻었다. 그리고 발기된 유두를 더듬었다. 당신의 가슴에서 쿵쿵 북소리가 났다. 당신도 오래 참고 있었던 게 분명했다. 나는 더 거칠게 더듬어갔다. 당신의 입에서 가느다란 신음이 새어나왔다. 나는 당신이 정숙하지 않다는 걸 알고 있다. 당신은 늙은 소장 앞에서 엉덩이를 흔들어댔을 것이고 살이 훤히 비치는 시폰원피스를 입고 온 날엔 어김없이 당신의 핸드폰으로 남자의 문자가 날라 온다는 것도 알고 있다. 당신이 내 앞에서 요조숙녀인 척하는 건 순전히 전략이다. 당신의 숨겨진 욕망을 보자 내 욕구가 더 꿈틀댔다. 나는 당신의 젖은 티셔츠를 벗기고 팬티를 끌어내렸다. 그리고 욕실 바닥에 눕힌 후 벌어진 가랑이 사이로 성기를 밀어 넣었다. 당신의 몸은 달아오를 대로 올라 나를 받아들이는

데 추호도 망설임이 없었다. 그러나 내 몸은 움직이지 않았다. 마음은 이미 끝까지 치달아 있었으나 아무 짓도 할수 없었다. 나는 당신의 가슴에 얼굴을 묻고 절망에 떨었다. 당신이 내 어깨를 가만히 안아주었다. 차라리 나를 당신의 장난감으로 삼는 건 어떤가? 당신이 빌려다 준 DVD에도 남자를 가두어놓고 놀잇감으로 삼는 여자가 있었다. 나는 영화 속 남자처럼 완력을 쓰지도 않으며 당신의 얘기에 귀 기울일 줄도 안다. 게다가 나는 당신이 심심하지 않도록 매일매일 일감을 주며 일당도 넉넉히 줄 수 있다. 당신이 원하면 언제든 섹스도 할 수 있다. 그러면서 나는 당신을 때리지도 않으며 명령하지도 않는다. 괜찮지 않은가. 당신이 가슴에서 나를 조용히 밀어냈다. 그리고 욕조에서 끌어내 휠체어에 앉혔다. 새 속옷을 입히고 머리도 빗겨주었다. 당신이 내 앞에서 움직일 때 묘한 냄새가 났다. 그것은 아기의 젖내 같기도 하고 금방 수건을 세탁하고 났을 때 나는 냄새 같기도 했다.

"고마워요."

목욕을 시키느라 애쓴 당신에게 나는 얼마를 더 얹어줄 생각이다. 모텔 일이 잘 끝난다면 더 후하게 쳐줄 것이다. 내게 돈이 많다는 건 정말 다행이다. 부모가 남긴 산재 보험금과 태권도 협회로부터 받은 위로금은 불행을 치르고 얻은 대가인 만큼 내가 평생을 쓰고도 남을 만큼 많았다. 그 돈이 있는 한 당신을 붙잡아두는 건 어렵지 않다. 당신은 직업소개소를 전전하며 한국에서 돈을 버는 일이 쉽지 않다는 걸 알았다. 어디를 가나 따돌림의 대상이라는 것도 겪었다. 내 몸에서 냄새가 나고 남자의 성기를 매일 닦아야하는 게 비위에 거슬리긴 해도 전에 하던 그 어떤 일보다도 내 집에서의 대가가 후하다는 걸 당신은 알고 있다. 내 집에서 일하면서부터 매월 중국에 돈 부치는 일이 안정적으로 흘러가고 그 안위가 얼마나 달콤한지 맛본 당신은 내 집에 오래 머무를 것이다.

당신은 내 방으로 가서 블루 빛깔의 셔츠와 찢어진 청바지를 들고 나왔다. 그리고 목욕으로 말쑥해진 내 몸에 천천히 입혀주었다. 당신은 연자색 연꽃무늬가 프린트된 원피스로 갈아입었다. 화장도 살짝 했다. 이제 모든 준비는 끝났다.

콜택시를 기다리는 동안 당신은 나를 모과나무 아래에 세워두었다. 당신 치마에 새겨진 연꽃잎이 햇빛을 받아 화사하게 빛났다. 그 앞으로 아이를 태운 자전거 한 대가 휙 지나갔다. 당신은 놀라 뒤로 한걸음 물러섰다. 신작로 철

물점 옆에는 중늙은이가 바나나 좌판을 끼고 쏟아지는 태양을 고스란히 받으며 앉아있다. 남루하고 지루한 표정이다. 바나나를 파는 일 외에는 인생의 그 어떤 일도 일어날 것 같지 않은 얼굴. 중늙은이의 바나나는 시들고 먼지가 앉아 아무도 그것을 돈 주고 살 것 같지 않았다. 바나나 앞에는 골판지에 삐뚜름한 글씨로 한 송이 3천 원 두 송이 5천 원이라고 씌어 있었다. 그 앞을 교복을 입은 여학생 몇이 종알대며 걸어갔다. 벌써 하교 시간인가, 시계를 보는데 콜택시가 와서 멎었다. 당신과 기사가 나를 들어 뒷좌석에 태우고 휠체어는 접어 차 트렁크에 실었다. 택시는 바나나 좌판을 지나 이내 주택가를 벗어났다.

"그쪽에서 나올까요?"

나는 아직도 믿어지지 않았다. 대체 어떤 마음이면 이런 걸 하겠다고 할 수 있을까. 자비? 아니면 생의 가벼움? 당신은 네, 라고만 짧게 답할 뿐 더 이상의 토를 달지 않았다. 나는 당신이 어떤 말로 상대를 설득했을지가 궁금했다. 섹스파트너를 구한다고 했을 때 당신과 내가 한결같이 들었던 얘기는 미친 짓이라는 것이었다. 당신은 돈으로 구슬렸을 것이다. 돈이라면 영혼까지도 팔 수 있는 세상이다. 내가 제시한 금액이면 누구든 혹할 수 있었다. 사실

내가 액수까지 밝혔던 건 순전히 당신을 의식해서였다. 괜스레 섹스파트너를 구하러 다니느라 애쓸 것 없이 나는 당신이 그 돈의 주인이 되길 바랐다. 그 정도 돈이면 당신이 먼저 굴복해온다 해도 나쁠 건 없었다. 그러나 당신은 내 계산과 아랑곳없이 계속해서 알아보고 다녔다. 그러던 어느 맑은 날 당신은 섹스파트너를 구했다면서 들뜬 표정으로 내 앞에 나타났다. 여기는 서양도 아니고 한국인데 어떻게 그런 마음을 먹을 수 있는지 정말 대단한 여자라며 그동안 고생한 보람이 있다고도 했던가.

택시가 미미모텔 입구에 당신과 나를 내려놓고 갔다. 기사는 우리의 행보가 야릇하다는 표정이었으나 말없이 자리를 떴다. 전광판 불빛이 죽어있는 대낮의 모텔촌은 한결같이 스산하고 음습해 보였다. 간밤에 불야성을 이루었을 거리가 지금은 개 한 마리 얼씬거리지 않는다는 게 믿기지 않았다. 초고속인터넷이란 입간판도 퍽이나 옹색해 보였다. 이렇게 한산할 줄 알았으면 굳이 예약이 필요 없는 건데 그랬다. 아니지, 약속 장소를 정하기 위해서는 불가피한 예약이었다. 모텔 입구는 휠체어가 들어갈 수 있도록 계단 없이 경사진 면으로 되어있어 나를 배려한 당신의 마음이 엿보였다. 현관으로 들어서자 왼편에 있는 미닫

이창이 열리며 바나나 모양의 짙은 눈썹 문신을 한 주인이 삐죽 얼굴을 내밀었다. 늙은 주인여자는 당신과 나를 힐끗 보고는 숙박비를 청구했다. 당신이 이미 예약했으며 쇼트타임으로 객실을 이용할 거라고 하자, 당연이 숙박일 거라고 여겼던 주인 여자의 눈썹 문신이 가늘게 치올랐다. 객실 요금이 반으로 내려간 탓도 있겠지만 우리의 태도가 도무지 이해가 안 간다는 얼굴이었다. 그러나 주인의 호기심은 그리 오래가지 않았다. 주인 여자는 돈을 건네받은 후 객실 키만 전해주고는 문을 폴싹 닫았다.

"그쪽이 정말 올까요?"

엘리베이터에 오르며 내가 다시 물었다. 당신은 글쎄요, 라는 말로 조금 전의 자신만만함에서 한발 물러서 있었다. 나는 솔직히 낯선 여자와의 섹스가 두려웠다. 어떻게 해야 할지도 모르겠고 잘 될지도 의문이었다. 내 몸은 주눅이 들거나 긴장하면 잘 되지 않았다. 내 마음 한편엔 차라리 약속이 깨지길 바라는 마음도 없지 않았다. 망설이다가 전화했는데 상대가 받지 않아 안도했던 것처럼. 엘리베이터가 6층에서 멎었다. 당신은 휠체어를 밀고 606호 앞에 와서 멈추어 섰다. 카드 키를 꽂자 삐릭 하고 잠금장치 풀리는 소리가 났다. 그쪽은 아직 오지 않았다. 약속 시간

보다 먼저 왔으니 그럴 수 있었다. 실내는 정갈했다. 침대는 베이지톤으로 깔끔하게 정돈되어 있고 화장대 위에는 콘돔이 구비되어 있었다. 러브텔은 처음이었다. 다치기 전에 사귀던 그녀를 몇 번 여관 앞까지는 데리고 갔으나 자는 데는 실패했다. 그러다가 둘만의 4박5일 태국 배낭여행을 잡아놓고 사고가 나는 바람에 나는 여자와 잘 기회를 영영 잃었다.

"당신은 이제 그만 나가는 게 좋겠어요. 당신이 있으면 그쪽이 곤란하지 않겠어요?"

나는 혼자 남는 게 두려웠으나 당신을 계속 잡아둘 순 없었다. 이제부터는 내 의지대로, 아니 그쪽이 시키는 대로 해야 한다. 나는 일을 여기까지 몰고 온 당신이 원망스러웠다. 늙은 소장과는 아이를 둘씩이나 낳았으면서 내 앞에선 끝까지 고고한 척하는 게 뇌꼴스러웠다. 그러나 구걸하고 싶지는 않다. 꼴은 이래도 나에게도 마지막까지 지켜내고 싶은 게 있다. 당신에게도 지키고 싶은 그 무엇이 있길 바란다. 사실 내겐 두 가지 마음이 있었다. 당신이 내 요구를 들어주었으면 싶은 간절한 마음과 큰 돈 앞에서 무너지지 않기를 바라는 마음. 당신에게도 빛나는 촉수가 있어야 당신을 바라보는 내가 지루하지 않으며, 당신과의 사이에 뭔가를 남겨둬야 그걸 미끼로 살아갈 힘이라도 얻지 않겠는가. 나는 쉬고 싶으니 당신에게 그만 나가달라고 했다. 나는 아침부터 극도로 긴장해 매우 지쳐 있었다. 당신이 걱정스러운 낯빛으로 침대로 옮겨주겠다고 했다. 나는 차라리 침대에 있는 것이 곧 올 그쪽의 수고를 덜어주는 게 아닐까 잠시 생각했으나 침대는 어쩐지 예의가 아닌 듯해 거절했다. 당신은 무슨 말인가 하려는 듯 머뭇대다가 나를 창문 쪽으로 데리고 가서 바깥을 볼 수 있도록 해놓고 객실을 나갔다.

시계는 약속 시간인 네 시를 넘기고 있었다. 나는 왠지 초조했다. 당신에게 전화를 해볼까. 그러나 당신도 사정에 어둡기는 마찬가지일 것이다. 그쪽에서 무슨 연락이 있었다면 당신은 내게 알려주었을 것이다. 나는 좀 더 기다려보기로 했다. 십 분, 이십 분, 삼십 분. 현관 벨은 울리지 않고 당신에게서도 아무런 연락이 없다. 어쩐지 이 약속은 처음부터 없었던 것 같은 느낌이 들었다. 여기까지 온 건 순전히 당신의 조작일지도 모른다는 생각이 들었다. 그리고 보니 당신은 그쪽에 대해 아무런 정보도 주지 않았다. 그러나 내가 아는 당신은 없는 일을 있다고 꾸밀 만큼 영악스럽지 않다. 그쪽은 곧 올 것이다. 그러나 믿는 마음이 크면 클수록 의심 또한 커져 갔다. 나는 더 기다릴 필요 없이 당신에게 전화를 걸어보기로 했다. 그때 '띵동' 하고 벨이 울렸다. 내 고개가 반사적으로 입구 쪽을 향했다. 나는 두근거리는 가슴을 지그시 누르며 천천히 바퀴를 굴려 현관으로 가서 문을 열었다.

굿바이 펫

굿바이 펫

PC방에서 나온 주노는 시장을 어슬렁거렸다. DVD방이니 노래방이니 오라는 데는 많으나 기분대로 들락거릴 수도 없었다. 이방 저방 쏘다니며 돈을 써대다가는 그나마 있는 돈이 언제 바닥날지 몰랐다. 지금까지 그닥 내일 일을 걱정하며 살아오진 않았지만 추워진 날씨 탓인가, 주노는 은근히 잘 곳이 걱정되었다. 그러자 밥값조차 허투루 쓸 수가 없었다. 아까부터 시장골목에서 새어나오는 돼지고기 굽는 냄새와 구수한 된장찌개가 살살 배가 고파오는 주노의 코를 미치도록 자극했지만 선뜻 가게 문을 열고 들어갈 수 없었다. 그 앞을 한참이나 기웃거리던 주노는 근처 포장마차에서 오뎅과 튀김 몇 조각으로 위장을 달래고는 일찌감치 찜질방으로 향했다.

찜질방에서는 난데없는 동네 노래자랑이 펼쳐지고 있

었다. 개업 1주년 기념행사라나? 덕분에 무료입장이었는데, 이럴 줄 알았으면 밥이라도 먹고 올걸 그랬다. 무대에서는 청소기, 드라이어, 차렵이불 같은 상품에 눈독 들인 아줌마 아저씨들의 노래 경연이 한창이었다. 찜질방에서 별걸 다 하는 군. 무리에 섞여 잠시 구경하던 주노는 별다른 흥미를 느끼지 못해 수면실로 자리를 옮겼다.

모두 행사장으로 몰려가선지 수면실은 텅 비어 있었다. 주노는 한쪽 구석에 자리를 잡고 누워 돔 천장을 올려다보았다. 그나마 찜질방이 있어 길거리 신세를 면할 수 있었다. 그러나 이마저도 언제까지일지 의문이다. 군대를 마치고 하늘 아래 오갈 데가 없어 몇 군데 알아봤으나 결혼을 했거나 관계가 뜨악해져 신세를 지는 일은 쉽지 않았다. 주노가 전화를 하고 제대를 알렸을 때, 그들은 모두 수고했다, 제대를 축하한다는 말만 앞서 전하고 전화를 끊었다.

남에게 뭔가를 기대하기는 어려웠다. 얹혀산다 해도 잠시일 뿐이니 어쨌거나 살 길을 마련해야 했다. 그러나 대학을 나오고도 일자리를 얻지 못하는 마당에 고등학교 중퇴자를 받아줄 곳은 없었다. 생산직이나 일용직까지 대졸들에게 빼앗기고 보니 학벌 낮고 배경 없는 주노가 갈 곳은 아무데도 없었다. 제대하던 날부터 시내 정보지를 훑는 일은 일과가 되어버렸지만 전화를 했을 땐 이미 한 발 늦었거나 유령 회사가 대부분이었다.

그래도 주노는 찜질방에 오면 습관처럼 신문부터 펼쳤다. 뭐 뾰족이 기대해서라기보다 마땅히 할 일도 없는 데다 요즘 돌아가는 경제사정을 좀 알아두는 것도 나쁘지 않겠기 때문이다. 신문은 이미 날짜가 며칠이나 지나 구문이었으나 개의치 않고 건덩건덩 읽어 내려갔다.

그때 어떤 광고 하나가 주노의 시선을 사로잡았다. 구인광고 셋째 단에 실렸는데, 아무리 봐도 좀 이상해 주노는 몇 번이고 뚫어져라 다시 읽었다.

'건강한 이십대 남성 구함. 십대 후반의 남아도 가능. 숙식 제공, 월 삼백만원 지급, 010-XXXX-XXXX.'

도대체 뭐하는 곳이기에 먹여주고 재워주면서 돈까지 준단 말인가. 다른 조건 없이 숙식제공과 월 얼마를 보장한다느니 할 땐 유흥업소의 여급을 구하는 경우가 대부분이었다. 그런데 여기서는 굳이 남자여야 한다는 걸 거듭 강조하고 있었다. 그렇다면 호스트바인가? 십대도 된다는 걸 보면 그도 아니지 싶었다.

주노는 일단 전화를 걸어보기로 했다. 이십대이고 건강

하니 자격이 있었다. 더구나 지금 주노는 누구보다 먹고 잘 곳과 돈이 절실히 필요했다.

그런데 열 시를 넘어서고 있는 수면실의 벽시계가 주노의 발목을 잡았다. 날짜까지 며칠이 지났으니 그 자리가 아직 남아있을 리도 없었다. 주노는 거의 그만두다시피 어수선한 기분을 누르며 억지로 잠을 청했다. 그 사이 노래자랑이 끝났는지 마이크 소리가 뚝 끊기고 사람들의 움직임이 부산스러워졌다.

몇 번 뒤척이다 보니 어느새 날이 밝았다. 거의 포기 했으나 눈을 뜨니 다시 어젯밤에 본 광고가 머릿속을 꽉 채워 다른 생각이 떠오르지 않았다. 주노는 허탕을 치더라도 우선 전화나 걸어보기로 했다. 한 번씩 전화를 걸고 퇴짜를 맞을 때마다 기운이 무더기로 빠져나가 이제 이런 짓은 하지 않기로 했으나 전화를 해보지 않고는 완전히 포기가 될 것 같지 않았다. 주노는 핸드폰이 없어 탈의실에서 동전을 꺼내 카운터 옆 공중전화기로 갔다. 여보세요, 저쪽에서 가느다란 여자 목소리가 들려왔다. 저, 광고보고 전화 드렸는데요. 주노는 떨고 있었다. 그런 주노를 비웃기라도 하듯 여자의 반응은 싸늘했다. 어쩌죠? 벌써 채용했는데.

예상한 바였다. 그런 일자리가 여태 남아있을 리가 없었다. 섣부른 기대였다고 스스로 다독이며 전화를 끊으려는데 저쪽에서 다시 다급한 소리가 들려왔다. 저기 근데요, 오기로 한 사람이 안 왔어요. 오늘 아침까지 오기로 했는데 안 오는 걸로 봐서는 캔슬 된 걸로 봐야겠죠? 주노는 순간 어떤 희망을 보았다. 글쎄요. 주노는 일단 여자의 말을 받았다. 그러면서 긴장의 끈은 놓지 않았다. 저녁에 시간 있어요? 여자는 대뜸 만날 것을 제의했다. 주노가 좋다고 하자 여자는 찾아올 곳의 위치만 간략하게 알려주고는 전화를 끊었다. 하는 일에 대해 좀 더 분명하게 물어봤어야 했었던 건 아닌가 하는 아쉬움은 있었지만 어떤 얘기를 듣는다 해서 그 즉시 그만둘 것 같지 않았다. 그러자 마음이 급해졌다. 저녁의 만남이 말하자면 면접인 셈인데 주노는 옷 한 벌 변변한 게 없었다. 제대 이후 내내 군용 잠바 하나로 버티고 있던 터라 남에게 입고 보일 옷이 없었다. 가진 돈을 몽땅 터니 재킷 하나 살 정도는 되나, 그렇다고 선뜻 사 입기도 그랬다. 일이 잘된다면 몰라도 잘못될 경우 알거지로 나앉아야 할 판이었다. 일은 안 될 공산이 컸다. 오기로 했던 사람이 안 온 것도 그렇고, 지금까지 인생은 주노의 편이 아니었다. 그러나 먹여주고 재워

주고 돈까지 준다는데 도대체 마다할 일이 뭐란 말인가. 저쪽에서 안 된다면 몰라도 칼자루는 이쪽에 쥐어준 듯했다. 그렇다면 문제될 게 없다. 살인이나 강간만 아니라면 어떤 일도 해낼 수 있다. 소라도 잡으라면 잡겠고, 공동묘지에서 유골을 파오라고 해도 할 판이었다. 주노는 시장으로 가서 차비만 남기고 가진 돈을 몽땅 털어 와이셔츠와 재킷을 샀다. 그리고는 일찌감치 여자가 알려준 곳을 향해 떠나갔다.

여자의 집은 상상했던 것보다 훨씬 크고 좋았다. 주노가 지금까지 한 번도 본 적도 없으려니와 앞으로 평생을 뼈 빠지게 일한다 해도 혼자서는 마련할 수 없는 집이었다. 더구나 입구에서부터 통제가 엄격해 다른 세상에 온 듯한 착각마저 불러일으켰다. 여자는 반갑게 맞았다. 중년쯤 되어 보였으나 나이를 모르겠고, 미인이라고까지는 할 수 없으나 상류에서 살아야만 배어나올 수 있는 몸가짐과 여유가 있었다.

"차는 뭘로? 아니, 위스키 어때요?"

여자는 대답도 듣지 않고 주방 쪽으로 사라졌다. 주노는 얼른 집안을 훑었다. 집안은 정제된 모델하우스처럼 흐

트러진 데라고는 없었다. 외국에서 사들였을 법한 진귀한 소품들이 여기저기 눈에 띄고 한쪽 벽면엔 피카소와 달리의 모조품들로 가득했다. 도심 한가운데 있으나 한강이 보이도록 되어 있고 날씨만 맑다면 멀리 영종도까지도 보일 듯해 그 조망권을 소유한 것만으로도 특수한 계층이라는 인상을 풍겼다. 높은 천장과 대리석은 위압감을 주기에 충분했다. 주노가 여자의 집에 관심을 가진 건 물론 낯선 환경에 대한 호기심도 있었지만, 그보다도 이곳에서 해야 될 일이 과연 뭘까 해서였다. 여자는 힘센 남자의 도움이 필요할 만큼 유약해 보이지도 않았으며 그렇다고 다른 식구가 있는 것처럼 보이지도 않았다. 주노는 일단 모든 생각을 유보하고 처분을 기다려보기로 했다. 피카소 아래 있는 수족관을 보고 있을 때 여자가 위스키와 와인 잔이 놓인 쟁반을 들고 다시 나타났다.

"난 화이트와인만 마셔요."

여자가 빛깔이 다른 두 잔에 대해 설명했다.

"수족관이 좋아 보이네요."

주노는 마땅한 말을 찾지 못해 수족관 얘기를 했다. 그러나 좋다는 건 꽤 비싸게 보이는 장식 때문이었지 정말로 좋아 보여서는 아니었다. 그나마 수족관이 있어 사람 사는 집이란 걸 느끼게 했으나 그 수족관조차 피카소와 달리를 닮아 괴괴한 느낌을 내뿜고 있었다.

"개 키워본 적 있어요?"

여자는 대뜸 개 얘기를 꺼냈다. 주노는 없다고 솔직히 말했다. 주노는 자기 소유의 무엇을 가져본 적이 없었다. 아니 있다 해도 여자가 말한 개란 몰티즈나 슈나우저 같은 애완견이거나 그레이하운드 같은 귀족풍의 개지 동네 시골집에서 흔히 보는 똥개나 누렁이 따위의 뭐 그런 개를 얘기하는 것은 아닐 터였다. 주노가 없다고 하자 여자는 그럼 개의 생리에 대해 잘 모르겠군, 하며 와인 잔을 입으로 가져갔다.

여자가 개 얘기를 해서 주노는 혹 자기가 해야 할 일이 개를 키우는 일이 아닐까 생각했다. 여자는 직장을 다녀야 하니까 달리 식구가 없다면 개를 돌볼 누군가 필요했을 테니까. 주노는 호기를 놓칠세라 키워본 적은 없지만 개는 무척 좋아한다며 얼른 말을 바꾸었다. 그리고 자신이 해야 할 일이 개를 돌보는 일인지를 물었다. 여자의 대답은 뜻밖이었다.

"아뇨, 그 개는 제가 돌봅니다."

"그렇다면……."

"난 그 개가 되어줄 애완남이 필요해요."

여자와 주노 사이에 잠시 긴장이 감돌았다. 여자 말대로라면 사람을 애완견처럼 가지고 논다는 얘긴데, 이곳에 오기 전 이미 모든 각오를 하고 왔지만 애완남은 정말 뜻밖이었다. 사람이 사람에게 그럴 수도 있는가. 주노는 별 이상한 여자도 다 있다고 생각했다. 고작 군대 2년인데 세상은 주노가 모르는 사이에 이상한 방향으로 변질되어 버렸다는 생각도 들었다. 그러나 웬일인지 그만두고 싶지 않았다. 부딪혀 보지도 않고 그냥 물러나기에는 여자가 내건 조건이 너무 파격적이었다. 주노는 호기심 반 재미 반으로 하겠노라 했다. 여자는 성급하게 결정할 일이 아니라며 생각해보고 사흘 후에 다시 오라고 했지만 주노는 미룰 이유가 없었다. 여자가 내건 생활수칙이라는 것도 기껏해야 개처럼 주인만 따라줄 것과 일상을 돕는 몇 가지 잡일들, 그리고 질문이나 의견을 말해서는 안 되는 뭐 그 따위들이어서 주노는 그런 건 일도 아니라고 생각했다. 주노가 재차 하겠다고 하자 여자는 주노의 방을 알려주었다. 주노의 방은 주방을 가운데 두고 여자의 방과 마주보게 되어 있었다. 진작부터 사람을 둘 작정이었는지 방안에는 생활에 필요한 모든 게 갖춰져 있었다. 옷장 안에는 트레이닝복에서

양복에 이르기까지 태그도 안 뗀 옷들이 즐비하고 한쪽 구석엔 노트북까지 마련되어 있었다. 대체 어떤 얼빠진 놈이 이런 걸 마다하고 가버렸는지 주노는 도통 이해가 안 갔다. 처음 여자로부터 애완남 얘기를 들었을 때는 모든 게 절박했던 주노도 흔들렸지만, 돈이 전부인 세상 아닌가. 이제 잠자리를 구걸하지 않게 된 것만으로도 주노는 다른 말이 필요 없었다.

주노는 여자가 마련해놓은 침대에 벌러덩 누웠다. 제대후, 아니 주노의 평생을 두고 처음으로 맛보는 안락함이었다. 그 달콤함에 몸을 맡기자 그동안의 냉대와 설움이 한순간에 녹아들며 주노는 주체할 수 없는 잠속으로 빠져들었다.

그래도 긴장한 탓인가. 주노는 아침 일찍 눈이 떠졌다. 주노는 자신의 몸을 감싸고 있는 것이 번들번들한 호마이카 침대와 은은한 베이지풍의 알파카 이불이라는 게 아직 실감나지 않았다. 주노는 잠시 숨을 고르다가 눈을 뜨고 제일 먼저 해야 할 일이 여자를 깨우는 일이라는 걸 상기해내고 침대에서 벌떡 일어났다. 주노는 주섬주섬 옷을 챙겨 입고 방에서 나와 주방을 거쳐 마주 보이는 여자의 방으로 갔다. 여자는 세상모르게 자고 있었다. 여자의 방은 웬만한 4인 가족이 지내도 될 만큼 크고 모든 게 갖춰져 있었다. 집 안에 또 하나의 집이 있는 듯 주방과 욕실 공간이 따로 또 마련되어 있었다. 대체 어떻게 살면 이렇게 해놓고 살 수 있는지 주노는 상상조차 되지 않았다. 주노는 여자를 깨워야 한다는 것도 잠시 잊은 채 그 위용에 빠져 있었다. 그러다가 문득 이 궁전에서 쫓겨나지 않으려면 정신을 바짝 차려야 한다는 자각이 들어 얼른 자고 있는 여자에게 다가가 가볍게 흔들었다. 그래도 깨어나지 않아 귓불에 대고 속삭였다. 일어날 시간이에요. 여자가 가느다란 교성을 내지르며 주노의 머리를 쓰다듬었다. 침대에서 내려온 여자는 욕실로 들어가 오래오래 몸을 씻었다. 여자가 나올 때까지 주노는 문 앞에서 기다렸다. 욕실에서 나온 여자는 벌거숭이로 돌아다녔다. 벌거숭이로 화장을 하고 벌거숭이로 아침을 먹었다. 여자가 아침을 먹는 동안 주노는 식탁 옆에 얌전히 앉아 있었다. 간혹 여자가 먹던 빵조각을 던져주면 주노는 얼른 달려가 바닥에 떨어진 빵조각을 입으로 주워 먹었다. 그 모습이 재밌어 여자는 깔깔대며 더 자주 더 멀리 먹이를 던졌다. 여자가 출근할 때까지 주노는 여자의 곁을 따라다녔다.

여자가 나가고 주노는 알파카 이불의 달콤함을 다시 느

끼기 위해 스멀스멀 침대 속으로 기어들어갔다. 바뀐 환경에 긴장한 탓인지 주노는 매우 피곤했다. 주노는 여자가 퇴근할 때까지 잠이나 자둘 요량이었다. 그때, 차르륵 하고 현관키가 돌아가며 현관문 여는 소리가 났다. 여자가 다시 왔나 싶어 내다보니 강아지를 안은 뚱뚱한 중늙은이가 들어서고 있었다. 하우스키퍼였다. 육중한 몸에 무뚝뚝한 표정이 영화 미저리에 나오는 애니를 닮았다. 그녀는 주노를 힐끗 보고는 강아지를 바닥에 탁 내려놓았다. 주노에 대해서는 이미 들어 알고 있는 듯했다. 주노는 애완견을 안고 온 그녀의 등장이 달갑지 않았다. 품안에서 떨어져 나온 개는 멀찌감치 물러나는 듯하더니 다시 다가와 주인의 발을 비굴할 정도로 핥았다. 목이 길고 양털처럼 곱슬인 게 푸들 같았다. 그녀에겐 불독이 어울렸다. 주노는 하우스키퍼 앞에서 개를 보고 있는 게 내키지 않아 다시 방으로 들어왔다. 여자가 없는 지금은 누구의 애완물도 아니었다. 주노는 방금 거실에서 뛰노는 푸들과 자신을 견주려 했었다는 사실이 어이가 없었다. 주노는 다시 침대에 벌렁 누웠다. 그러나 잠은 쉬이 들지 않았다. 밖에서 진공청소기 돌아가는 소리가 요란하게 났다. 주노는 이불을 머리 끝까지 뒤집어썼다. 어느 틈에 주노 방에 들어왔는지 푸들이 주노를 향해 앙칼지게 짖어댔다. 주노는 벌떡 일어나 푸들의 목을 움켜쥐었다. 그리고 순간 숨통을 끊어버리고 싶다는 생각을 했다. 만일 애지중지하는 애완견이 죽어 나자빠져 있는 걸 본다면 저 미련곰탱이 같은 여인네의 반응이 어떨지 궁금했다. 주노는 푸들의 목을 쥐고 있던 손아귀에 힘을 더 주었다. 주노의 손에 매달린 푸들이 찍 소리도 못 내고 발발 떨었다. 진공청소기 소리가 멎은 것 같아 나가보니 하우스키퍼는 고새 소파에서 잠들어 있었다. 주노는 개를 안고 건물 옥상으로 올라갔다. 개 주인은 여전히 세상모르게 자고 있었다.

퇴근해 온 여자가 주노에게 스포츠센터 회원권과 댄스 교습소 수강증을 내밀었다. 스포츠는 좋았지만 댄스는 좀 아니었다. 주노는 여태껏 태어나 춤이란 걸 춰본 적이 없었다. 댄스는 사교춤을 좋아하는 여자가 파트너로 쓰기 위해 보내는 거라 했다. 여자는 자이브, 룸바, 살사, 모든 사교춤에 능했다. 여자가 수족관의 물을 갈고 먹이를 주는 동안 주노는 그 옆에 서 있었다. 수족관은 여자가 특히 아끼는 거라 손수 관리했다. 하우스키퍼도 주노도 수족관에 손을 대서는 안 되었다. 수족관엔 그저 그런 열대어들이

놀고 있을 뿐이었다. 그러나 수족관이 여자에게 어떤 의미인지 질문을 해서도 안 되었다. 여자가 저녁을 준비하는 동안에도 주노는 여자 곁에 있었다. 요리는 하우스키퍼가 미리 준비해놓고 가서 어렵지 않았다. 전자레인지 돌아가는 소리가 몇 번 들리고 식탁은 금방 하나 가득 찼다. 냉장고에 영어로 씌어 있던 정체를 알 수 없는 식재료들이 음식이 되어 올라와 있었다. 그런데 음식이란 음식이 죄다 버터 냄새로 가득했다. 음식이 성격을 만들어간다는데 여자도 그런 게 아닌가 싶었다. 여자는 두 번의 결혼과 이혼을 했다. 불행했던 결혼생활을 통해 여자는 사랑이 머물러 있는 시간은 아주 짧다는 걸 알았다. 그리고 사랑이 지나가고 난 자리에는 서걱거리는 마른 잎 몇 장만 남는다는 것도 알았다. 여자는 구태여 그런 관계를 다시 맺고 싶지 않았다. 상처가 많은 만큼 돈이 많은 당신은 색다른 시도를 해볼 수 있었다. 그 그물에 걸려든 게 주노였다. 여자는 주노를 만나기 전에도 많은 시도를 했었다. 원하는 남자를 찾기 위해 모임에도 자주 나갔으며 게이바에도 다녔다. 그러나 그 어떤 곳에서도 여자가 원하는 파트너는 얻을 수 없었다. 여자가 계약서를 내밀었을 때 대부분의 남자들은 여자를 싸이코 취급했고 어떤 남자는 여자의 얼굴에 침을 뱉고 돌아서기도 했다. 난해한 음식만큼이나 여자를 아는 건 어려웠다. 하우스키퍼도 뚱뚱한 체구만큼이나 입도 무거워 여자에 대한 정보를 거의 주지 않았다. 기껏해야 청담동에서 의상숍을 경영하며 가끔 솔로클럽에 나간다는 것 정도. 그러나 여자에 대해 모른다는 것이 주노와는 아무 상관이 없었다. 오히려 모든 것을 알고 났을 때 생각은 더 복잡해질 수 있었다. 주노는 여자가 차려놓은 식탁에 앉았다. 살짝 메스꺼움이 일었다. 그러나 여자와 생활하려면 여자의 식성에도 적응해야 했다. 여자를 만나기 전, 고기집 앞에서 서성대다가 발길을 돌리던 때를 생각하면 진수성찬 앞에서 이 무슨 배부른 수작이냐고 스스로 묻고 싶지만 버터냄새가 싫은 건 어쩔 수 없었다. 주노가 양식을 거북해하자 여자가 일어나 라면을 끓였다. 주노는 라면에 파를 넣는 것을 싫어하는데 여자가 파를 잔뜩 넣은 라면을 주며 먹으라고 했다. 주노는 라면 대접에서 파를 가려냈다. 그러자 여자가 라면그릇을 빼앗아 개수대 구멍에 처넣었다. 여자는 주노가 수칙 제3항을 어겼다고 했다. 결국 주노는 저녁을 굶었다. TV를 보다가도 같은 일이 벌어졌다. 여자가 TV를 보다가 잠깐 자리를 뜬 사이 주노가 보고 싶은 스포츠 프로로 채널을 돌렸는데 어느새 다시 온 여자가 리모컨을 내던지며 나가라고 소리쳤다. 주노는 빌고 또 빌어 위기를 넘겼다. 그러나 주노는 여자가 왜 그렇게 화를 냈는지 밤 내내 그 답을 찾아야 했다. 답은 수칙 제2항에 있었다.

"개처럼 짖어봐."

여자를 깨우러 들어간 주노에게 여자가 침대에서 일어나며 말했다. 주노는 방바닥에 납작 엎드려 개 짖는 소리를 냈다. 이리저리 오가며 왈왈 하기도 했고 엉거주춤 선 채 멍멍 하기도 했다. 여자가 우스워 죽겠다고 침대에 코를 박고 깔깔댔다. 주노는 점점 더 큰소리로 짖었다. 이런 일은 대범하게 해치워야 했다. 쭈뼛거리고 망설이다 보면 끝내 할 수 없었다.

"엄지발가락을 빨아줘."

여자가 장난기 가득한 얼굴로 바이올렛 빛깔의 발톱을 내밀었다. 주노는 엎드린 자세로 바싹 다가가 여자의 발가락을 빨았다. 여자 입에서 가느다란 교성이 새어나왔다. 쌍년! 차라리 음부를 빨아 달래지. 그럼 까무러치게 해줄 수도 있는데. 여자가 다른 쪽 발을 내밀었다. 주노는 입안 가득 발가락을 넣고 우물거렸다. 그때 욱 하고 욕지기가 올라왔다. 주노는 참지 못하고 욕실로 갔다. 전날 먹은 연어 샐러드와 굴 스파게티가 몽땅 쏟아져 나왔다. 사흘 전에 먹은 페퍼스테이크까지 남김없이 쏟아낸 주노는 몸을 추슬러 다시 여자의 방으로 갔다. 멀건 물이 나오도록 토악질을 해대는 동안 밖에서 깔깔거리며 출근준비를 하던 여자는 어느새 나가고 없었다. 대신 거울 속에는 낯빛이 창백한 한 사내가 어두운 표정으로 서 있었다.

주노는 너무 쉽게 생각했다. 처음 여자의 제안을 받아들일 때 모든 일을 자기식대로 너무 편하게 생각했다. 그 '시키는 대로'라는 다섯 글자에 함정이 있을 줄은 몰랐다. 주노는 그 시키는 대로의 의미를 심부름 정도로 해석했다. 여자가 담배를 사오라고 하면 자다가도 벌떡 일어나 사오고, 물을 가져다 달라고 하면 밥 먹던 숟가락도 놓고 날쌔게 가져다 주는 정도로 생각했다. 그러나 여자는 그런 심부름 따위는 시키지 않았다. 그런 일은 직접 하거나 하우스키퍼에게 부탁했다. 주노에겐 하기 어려운, 아니 할 수 없는 일만 시켰다. 그러나 따지고 보면 여자가 시키는 그어떤 일도 하기 어렵거나 할 수 없는 일은 없었다. 단지 그동안 학습되지 않아 익숙하지 않을 뿐이었다. 주노는 견디기로 했다. 자존심을 세우고 이 집을 나가 치러야 할 대가는 너무 컸다. 이 집을 나가는 순간 다시 쓰레기가 되어

유랑해야 했다. 사회 속에서 받는 냉대가 여자의 울타리 안에서 치미는 분노보다 덜하다고 할 수 없었다. 이곳에선 적어도 먹고 자는 일은 걱정하지 않아도 되었다. 개처럼 짖고 발가락을 빠는 건 지하철에서 물건을 팔고 바에서 술을 나르는 거와 다르지 않을 것이다.

주노는 착실하게 여자의 충견으로 변해갔다. 가끔 한 번씩 불쑥불쑥 차오르는 인간의 오기와 자존심으로 기분대로 행동할 때도 있었으나 주노는 잘 적응해나갔다. 철저하게 사고의 끈을 놓았으며, 친구와 모든 인간관계도 정리했다. 주노는 아직껏 친구나 이념이 밥그릇을 책임져주는 걸 보지 못했다. 생각을 바꾸니 사는 게 쉬워졌다. 주노가 맘에 드는 애완으로 길들여지자 여자는 주노를 데리고 외출도 했다. 마이바흐에 태워 백화점 쇼핑에 데려가기도 하고 동반 모임에 파트너로 쓰기도 했다. 주노와 지내는 시간이 만족스러워지자 여자는 가끔 가던 솔로클럽에도 가지 않았다. 솔로클럽에서도 동거인이 있는 여자의 출입을 더 이상 허용하지 않았다. 솔로들은 애완견을 키우는 경우가 많아 솔로클럽에 올 때도 애완견을 데리고 오는 경우가 종종 있었으나 주노와 함께 오는 건 못하게 했다. 나이에서부터 직업, 경제력, 지적 수준, 이데아에 이르기까지 누가 보더라도 그럴 듯한 동거인은 아니었으나 사람들은 여자와 주노를 남녀의 결합으로 보았다. 여자는 개의치 않았다. 여자와 주노의 은밀한 필요충분 관계를 알게 하기도 어려울 뿐더러 그럴 필요도 없었다. 남에게 피해를 준다면 모를까, 굳이 이해시킬 필요까진 없었다. 여자와 주노는 비밀을 즐기게 되었고 결속력도 더 깊어져 갔다. 주노는 점점 자신의 선택을 굳게 믿었고, 여자도 이젠 주노가 없는 생활은 상상할 수 없게 되었다. 주노는 여자가 자기를 버릴까 봐 노심초사하는 사람이 되었고, 여자는 주노가 자기를 떠날까 봐 전전긍긍하는 사람이 되었다.

여자와 주노의 관계는 그렇게 한동안 순풍에 돛 단 듯 흘러갔다. 그런데 그런 여유를 비웃기라도 하듯 주노는 전혀 엉뚱한 곳에서 또 다른 운명의 기습을 받고 있었다. 주노는 웬일인지 팔다리에 힘이 없고 매사가 시들했다. 처음엔 대수롭지 않게 여겼다. 일상의 권태가 무기력증으로 옮아간 것이려니 했다. 그런데 차츰 헬스장도 갈 수 없을 만큼 몸을 가누는 게 힘들어졌고 급기야는 걷는 것조차 버거워졌다. 주노는 병원을 찾았다. 병원에서 주노는 혈청과 근생검과 근전도 검사를 받았다. 그리고 의사로부터 생전

듣도 보도 못한 병명을 들었다.

"당신은 진행성 근이양증입니다."

불행히도 그 병은 치료약이 없다고 했다. 그러니까 나
날이 나빠져만 가다가 죽는다는 얘기다. 죽음을 생각하
자 여자의 얼굴이 가장 먼저 떠올랐다. 딱히 그것 때문이
었다고 할 수는 없지만 주노는 어쩐지 자신의 병과 여자
집에서의 삶이 따로 생각되지가 않았다. 어린 시절 부모
로부터 버림받았다는 것을 알고 죽고 싶었을 때도 죽음은
찾아오지 않았다. 주소지도 없는 판잣집에서 쥐들과 밥찌
꺼기를 나눠먹는 생활을 할 때도 죽음은 곁에 있지 않았
다. 그런데 모든 것이 넘쳐나는 지금, 죽음은 아주 가까이
와 있었다.

여자는 이 사실을 어떻게 받아들일 것인가. 집에서 기
르던 개가 아파도 돌보는 것이 인지상정이긴 하나, 이건
경우가 달랐다. 주노는 건강한 몸을 담보로 돈을 받고 고
용된 고용인이었다. 물론 잠시 아팠다가 낫는 거라면 여
자도 최선을 다할 것이다. 전에 언젠가 주노가 헬스를 하
다가 인대를 다쳤을 때 여자는 밤 내내 냉찜질과 온찜질을
번갈아 해대며 주노를 간호했었다. 감기 기운이 조금만 있
어도 병원엘 다녀오라며 병원비까지 따로 챙겨 주었다. 그

러나 그건 주노를 염려해서라기보다는 건강한 남자를 곁에 두고 싶은 여자의 욕심에서였을 것이다.

주노는 병을 알리지 않기로 했다. 여자가 알아서 좋을 게 없었다. 기껏해야 사소한 배려나 동정이 있을 뿐이었다. 그것도 여자의 모성이 살아있을 때지 극단엔 계약이 깨지고 이 집에서 쫓겨날 수도 있었다. 다행이 주노의 병은 기운이 없다는 것뿐 눈에 띄는 증세는 없었다. 여자와 함께 있는 시간만 잘 넘겨준다면 이 생활은 얼마든지 더 끌어갈 수 있었다. 주노는 죽을힘을 다해 여전히 전처럼 여자의 아침잠을 깨우고, 목욕 시중을 들고, 돌아오는 여자를 맞이하기 위해 깨어 있었다. 그러나 애를 쓰면 쓸수록 병은 더 깊어지고 여자에 대한 원망과 미움도 더 커져 갔다. 여자를 미워하면 할수록 그 미움은 고스란히 자신에 대한 미움과 분노로 되돌아왔다. 원망과 미움이 커지자 병을 감추고 싶지도 않아졌다. 그렇다고 굳이 드러내지도 않았지만 병은 제 스스로 발산하는 힘을 갖고 있어 숨기려 해도 숨어있지 않았다. 주노는 잘 때도 관절의 각도 유지를 위해 부목이나 보조기를 착용해야 했고, 낮에도 꾸준히 물리치료와 의자차를 사용해야 했기에 의료기구는 주노의 방을 나오기 시작했다. 그리고 시도 때도 없이 약에 의

존해야 했기에 약봉지는 주방을 비롯해 온 집안에 굴러다녔다. 이제 병은 감춘다고 해서 감춰질 수 있는 게 아니었다. 여자도 알 것이다. 아침잠을 깨우는 주노의 애무가 감미롭지 않고 마사지를 하는 손끝에 힘이 느껴지지 않는다는 것을. 주노에게 무슨 일이 생겼으며 그게 이별을 예고하는 일임도 여자는 알 것이다. 여자에게 주노는 누구보다 좋은 파트너였고 앞으로도 주노만 한 동거인을 만나기는 쉽지 않을 것이나 병든 남자를 곁에 두려하지는 않을 것이다. 병은 동정과 연민만 자극할 뿐이니까. 여자에게 동정과 연민이란 거추장스러운 무엇일 뿐이었다.

퇴근해 온 여자가 발코니에서 술을 한잔 하자고 했다. 여자가 방에서 옷을 갈아입는 동안 주노는 주방에 와서 술잔과 건과자를 준비했다. 청동 테이블에 크리스털 잔이 놓이고 찬 와인병에 물방울이 맺히기 시작할 때 여자가 발코니로 나왔다. 샤워를 했는지 긴 머리칼이 물을 잔뜩 머금고 있었다.

"좋은 위스키가 한 병 들어왔길래."

여자는 들고 온 버번위스키를 테이블에 놓고 긴 날숨을 내쉬었다. 여자는 조금 피곤해 보였다. 땅거미가 깔리기 시작하자 바람이 기분 좋게 발코니를 넘나들었다. 주노는 여자의 잔에 화이트와인을 따랐다. 여자는 주노의 잔에 위스키를 가득 부었다. 여자가 화이트와인을 마시고 주노가 위스키를 마시는 건 오래된 관습이었다.

"자, 건배, 우리의 관계를 위해!"

여자가 술잔을 높이 쳐들었다.

"해피 투게더!"

주노도 따라 했다. 허공에서 두 개의 잔이 날며 챙 하고 크리스털 부딪히는 소리가 났다. 그 소리가 바람 속에 잦아들면서 여자와 주노는 깊은 잠속으로 빠져들었다.

긴 잠에서 깨어나 주노가 가장 먼저 한 일은 여자의 죽음을 확인하는 거였다. 여자는 아주 편안한 얼굴로 깊은 잠에 빠져 있었다. 당신에겐 정말 미안해. 그러나 이 모든 건 당신이 자초한 일이야. 당신이 나를 개로 생각한다면 나는 얼마든지 개가 되어줄 수 있어.

주노는 얼마 전 우연히 손톱깎이를 찾으러 여자의 방에 들어갔다가 화장대 서랍에서 낯선 유리병 하나를 발견했다. 집안에 유리병은 많았지만 그 유리병이 주는 느낌은 어쩐지 섬뜩했다. 병 바닥에 무색의 결정들이 잔잔하게 깔려 있었는데 어쩐지 위험하게 느껴졌다. 주노는 혹 여자가 마약류에 손을 대는 건 아닌가 하는 생각을 했다. 여자가 벌거숭이로 거실을 어슬렁거리거나 주노더러 개처럼 짖어 보라고 할 때 주노는 여자가 아닌 또 다른 개체가 떠다니는 듯한 느낌을 받았었다. 그게 어쩌면 이 병속의 물질로 인한 것일지도 모르겠다는 생각을 한 것이다. 주노는 이 병 속의 결정들을 확인하고 싶어졌다. 만일 여자의 영혼을 갉아먹는 거라면 그대로 둘 수 없었다. 그동안 여자의 이상 행동으로 주노가 편하게 산 건 있지만 그게 약물로 인한 거라면 보고만 있을 수 없었다. 주노는 우선 성분부터 알아야겠기에 유리병에서 결정들을 조금 덜어내어 약국을 찾았다. 약사는 주노가 내민 그 결정들을 한참 들여다보다가 뭔가 미심쩍은 듯 고개를 가로젓더니 말없이 조제실로 들어갔다. 그리고 잠시 후 다시 나와 주노의 얼굴을 의혹에 찬 눈길로 바라보았다.

"이건 시안화칼륨이라고 극약인데⋯⋯. 이거 어디서 났어요?"

"극약요?"

"예. 청산가리라고 이건 아주 위험해요."

주노는 순간 머리가 먹먹해졌다. 극약? 이게 그 치사율 백프로인 청산가리란 말인가? 약국에서 나온 주노는 다리가 풀려 걸을 수가 없었다. 여자가 왜 극약을 갖고 있는지 언뜻 답이 나오지 않았다. 부족한 거라곤 없는 여자가 죽음을 떠올릴 일이 대체 뭐란 말인가. 그러다가 문득 주노는 그 극약의 용도가 여자가 아니라 자신일지도 모르겠다는 생각을 했다. 여자는 전에도 기르던 애완견이 병에 걸려 안락사를 시킨 적이 있다는 얘기를 한 적이 있었다. 그렇다면? 주노는 온몸의 피가 역류하는 듯했다. 개처럼 부린 것도 모자라 마지막까지 개처럼 보내려는 여자가 악랄하고 무섭게 느껴졌다. 지난날 비록 여자의 애완견으로 살아오긴 했어도 마음 한 구석 여자를 애처롭게 여기는 마음이 있었다. 여자가 사람을 믿지 못하고 자기만의 방식으로 사람을 부려야 하는 데는 다 그럴 만한 이유와 상처가 있는 것이라고 애써 이해했다. 그래서 여자가 시키는 대로 여자가 요구하는 대로 살았다. 그런데 여자는 이제 와서 그 선의를 배반하려 하고 있었다. 주노는 시내 약국을 모두 뒤져 시안화칼륨과 비슷한 결정체를 찾아냈다. 그리고 집으로 돌아와 여자의 유리병 안에 있는 결정들을 쏟아내고 주노가 찾아낸 가짜 청산가리를 넣어두었다. 그리고 진짜 청산가리는 주노가 보관해왔다. 여자가 발코니에서 술을 한잔 하자며 불렀을 때 주노는 막연히 이제 때가 왔다는 생각을 했다. 그래서 주방으로 가며 여자의 방을 살짝 엿보았다. 예상대로 여자는 위스키 병에 유리병에 있던 결정들을 쏟아 붓고 있었다.

주노는 이날을 위해 쓰려고 준비해둔 여자의 와인을 꺼냈다. 여자가 즐겨 마시는 샤도네이는 시중에서 쉽게 살 수 있는 것이었다. 주노는 그 와인을 하나 사서 청산가리를 넣어 따로 보관해왔다. 그리고 지난 밤 수면제가 든 위스키를 주노가 마시고 시안화칼륨이 든 와인을 여자가 마셨다.

"정말 이렇게까지 할 생각은 없었어. 니가 날 개처럼 생각한다면 난 얼마든지 개처럼 행동할 수 있어."

주노는 지난 밤 마시다가 남은 위스키와 와인을 수족관에 몽땅 쏟아 부었다. 순간 열대어들의 움직임이 갑자기 빨라지더니 금세 조용해졌다. 주노는 몸을 받치고 있던 의자차를 들어 수족관을 향해 힘껏 내리쳤다. 쨍 소리와 함께 수족관의 물이 와르르 쏟아졌다. 그 위로 열대어들의 주검이 이리저리 떠다녔다. 주노는 그중 살이 잘 오른 놈으로 골라 지그시 한입 베어 물었다. 입안으로 비릿한 내가 하나 가득 번져왔다. 주노는 비린내를 삼키며 여자 옆에 와서 누웠다.

왕소금 주식회사

왕소금 주식회사

달근 씨는 인터넷 서핑을 하다가 우연히 '왕소금 주식회사'라는 카페명을 보게 되었다. 왕소금 주식회사? 이건 또 뭐지? 하다가, 내친 김에 들어가 보았다. 클릭을 하자마자 도처에서 짠내가 확 풍겼다. 카페 운영자는 왕소금마마였고 메뉴판에는 노상 절약 노하우에 대한 제목으로 가득했다. 소금 왕국으로 보아 짠돌이 짠순이들의 모임 같았다. 햐, 이런 것도 다 있었네, 달근 씨는 짧게 탄성을 내지르며 서둘러 메뉴판을 읽어내려 갔다. 짠돌이 알뜰정보, 내 집 마련 성공비법, 재테크와 금융정보, 십만 원으로 한 달 버티기, 부자가 더 짜다, 알뜰 스마트폰 요금제, 등등이 있었는데, 달근 씨는 그 속이 보고 싶어 서둘러 '내 집 마련 성공비법'에 마우스를 가져다대고 클릭을 해보았다. 그런데 우라질, 회원가입을 하라는 메시지가 떴다. 귀찮긴 했지만 달근 씨는 그 속으로 들어가기 위해 몇 가지를 입력하고 회원이 되었다. 그러자 '내 집 마련 성공비법'에 대한 그야말로 비법에 가까운 글들이 죽 떴다. 달근 씨는 그 비법을 마음에 새기고 이어 십만 원으로 한 달 버티기, 알뜰 스마트폰 요금제 등등도 차례로 들어가 꼼꼼하게 읽고 숙지했다.

달근 씨가 짠돌이 카페에 혹한 건 최근 돈이 없다는 이유로 여자에게 딱지를 맞은 경험이 있어서다. 달근 씨는 서른한 살 총각에 직장생활도 3년 정도 했는데 통장의 잔고는 늘 0이었다. 부양가족이 없다보니 경제관념이 없었고 기분대로 쓰다 보니 많지도 않은 월급이 모일 리가 없었다. 그럭저럭 한 달을 쓰고 나면 통장엔 또 월급이 들어오니 하루하루 사는 데는 아무런 지장이 없었다. 그는 회사에서 가끔 얼짱 소리도 듣고 있어 그와 밥 한번 같이 먹으려는 여자가 주위에 늘 끓다보니 여자를 위해 돈을 모은다는 생각은 하지 못했다. 2년 전에는 여자 쪽에서 아파트까지 사서 결혼하자고 한 적이 있었는데 달근 씨 취향이 아니라서 그만뒀다. 그런 판세다 보니 달근 씨는 돈이 없어도 자기가 결혼하려고 맘만 먹으면 언제든지 돈 많은 여자와 결혼할 수 있다고 굳게 믿고 있었다.

　그런데 달근 씨는 얼마 전 결혼하고 싶은 이상형의 여자로부터 돈이 없다는 이유로 보기 좋게 채였다. 이른 결혼을 해서 아들 딸 낳고 알콩달콩 사는 친구 놈이 와이프 친구의 동생이라면서 달근 씨에게 한 여자를 소개해줬는데, 이 여자가 그동안 달근 씨가 목말라 찾던 그 이상형에 딱 들어맞는 여자였다. 갓 졸업해 나이는 달근 씨보다 일곱 살이나 어리고, 아담한 신체 사이즈에 웃을 때 볼이 살짝 파여 보고만 있어도 애간장이 다 녹을 지경이었다. 이상형이 나타난 이상 달근 씨는 주저할 필요가 없었다. 소개팅을 한 그날 이후로 달근 씨는 퇴근만 하면 집 근처로 가서 그 여자를 기다렸다. 스무 살 이후로 여자 만나는 일을 업으로 살았지만 달근 씨의 마음을 이렇게 달뜨게 하며 먼저 가서 기다리게 한 일은 없었다. 다행이 그녀도 달근 씨가 싫지 않은지 부르기만 하면 쪼르르 달려 나와 만나줬고 가끔 애교 섞인 콧소리까지 내가며 달근 씨 맘에 더 들려고 애를 쓰기도 했다. 그녀와의 만남은 순항에 돛을 단 듯 그렇게 순조로웠다. 그래서 만난 지 3개월 만에 프러포즈했고 결혼 약속까지 받아냈다. 이제 결혼식을 올리고 그녀를 데려다 앉히기만 하면 만사 오케이였다.

그런데 문제는 결혼 약속을 하면서부터 벌어졌다. 그녀가 결혼하면 우리 어디서 살아요? 하고 물었는데, 달근 씨는 아무 대답도 하지 못했다. 평수는 몇 평 정도까지 가능해요? 32평? 24평? 하고 눈을 동그랗게 뜨고 다시 물어왔는데, 이번에도 달근 씨는 아무 말도 할 수 없었다. 고작 한다는 말이, 꼭 아파트여야 해? 였다. 그러자 그녀가, 아파트 싫어요? 그럼 빌라? 오피스텔? 하더니, 요즘은 오피스텔도 주거용으로 잘 나와서 괜찮긴 해, 하고 혼잣말을 했다. 달근 씨는 은근히 쫄아 아무 말도 못했다. 24평은커녕 13평 전셋돈도 없었다. 달근 씨는 지금 보증금 1천에 월 40만원의 원룸에서 지내고 있는데, 보증금 1천만 원이 달근 씨가 가진 돈의 전부였다. 그렇다고 자기만 믿고 있는 그녀에게 아파트 얻을 형편이 안되니 지금 살고 있는 원룸으로 들어오라고 할 수도 없었다. 그것도 말이 원룸이지 겨우 한 사람 운신할 수 있을 정도였다. 그녀는 이런 달근 씨의 속도 모르고 만나기만 하면 어디서 살 거냐? 집은 왜 빨리 구하지 않느냐? 채근해댔다. 그녀 몰래 돈을 구하느라 백방으로 알아보긴 했으나 아파트 전세금으로는 턱없이 부족했다. 융자도 담보가 없어 쉽지 않았다. 정 안되면 월세라도 해야겠지만 달근 씨 월급에서 월세 떼어내고 나면 또 먹고살 일이 갑갑했다. 이래저래 답이 나오지 않았다. 달근 씨는 차라리 돈이 없다고 고백하고 방법을 같이 찾아볼까 하는 생각도 했다. 남자가 꼭 집을 얻어야 한다고 대한민국헌법에 나와 있는 것도 아니니 사정 얘기를 하면 혹 처가에서 보태줄지 아는가? 남들은 처가에서 집도 얻어준다는데 제길. 그런데 누울 자리를 보고 다리를 뻗어야지, 그녀의 집은 딸 시집보내면서 집까지 얻어줄 것 같지 않았다. 괜히 얘길 꺼냈다가 본전도 못 건지고 파렴치한 놈 소리나 들을 수 있었다. 그러다 종국엔 그녀가 떠나버릴지도 몰랐다. 생각이 거기에 미치자 달근 씨는 처가 덕 보려는 마음이 사라졌다. 결혼하고 싶은 여자를 돈 때문에 놓쳐버리는 우를 범해서는 안 될 것이다.

결혼 얘기가 오가고 한 달이 지나도록 달근 씨가 집에 대한 아무런 얘기가 없자 그녀가 무슨 낌새를 챘는지 혹시 집 얻을 돈이 없는 거 아니에요? 그래서 혼자 벙어리 냉가슴 끙끙 앓고 있는 것 아니에요? 라고 물어왔다. 그런데 묻는 그녀의 태도가 진짜 자기를 염려해서 그 아픔을 나눠 갖고자 하는 표정이 역력해, 그녀가 돈 없는 자신을 이해하고 따뜻이 감싸줄지도 모른다는 생각에 달근 씨는 그만 사실대로 말하고 말았다. 소정이, 실은 말야, 내가 지금

집 얻을 형편이 안돼. 좀 불편하더라도 당분간 내가 사는 원룸에서 지내면 안 될까? 라고. 그러자 걱정과 연민에 차 있던 그녀의 얼굴이 갑자기 원망과 분노로 가득 찬 표정으로 바뀌었다. 설마설마 했는데 제 예감이 맞았군요. 난 오빠가 좋은 옷 입고 비싼 것도 사주길래 부자인 줄 알았어요. 근데 순 엉터리였군요. 흑흑. 하더니 그녀는 그 다음 날부터 달근 씨의 전화를 받지 않았다. 집 앞으로 가도 만나주지 않았다. 그녀를 한 달 동안이나 못 보게 되자 그제야 달근 씨는 그녀가 떠나갔다는 실감이 났다.

달근 씨는 맘먹고 돈을 모으기로 했다. 3년 작정하고 꼬박 모으면 얼추 아파트 전세 자금은 나올 것 같았다. 달근 씨는 월급 250만원에서 100만원만 쓰기로 하고 나머지 150만원은 저축을 하기로 했다. 방월세 40만 원에 자동차 유지비에 각종 공과금 등등해서 60만 원은 빼도 박도 못하겠고, 아무리 안 써도 용돈 40만 원은 써야 하니, 그래서 얼추 출납을 뽑아본 게 100만 원 지출에 150만 원 저축이었다. 만일 150만 원씩 저금한다면 1년이면 1천8백만 원, 3년이면 5천4백만 원이었다. 원룸 보증금이 1천만 원 있으니 6천4백이면 소형 아파트 전세금은 될 것 같았다. 계획대로 일이 잘 되어 3년 후 목돈을 쥐게 된다면 이제 여자가 돈 없다고 달근 씨를 괄시하는 일은 없을 것이다. 달근 씨는 결심이 서자 벌써 6천4백만 원을 수중에 지닌 듯 든든했다. 그리고 한 달에 150만 원씩이나 저금하기로 한 자신이 기특하고 대견스러워 어디다 대고 자랑이라도 하고 싶었다.

그러던 중 '왕소금 주식회사'를 보게 되었다. 실연의 상처에 싸여 어떡해서든 돈을 모아야겠다고 작심하고 저축 계획을 세우던 때였으니 달근 씨가 혹하지 않겠는가. 그런데 이 카페는 달근 씨의 기특하고 대견스러움을 한방에 뭉개고 있었다. 달근 씨는 돈을 나누는 단위가 오십만 원, 백만 원이었는데 여기서는 백 원짜리 하나까지 일일이 따져 챙기고 있었다. 달근 씨는 250만 원에서 100만 원을 쓰고 150만 원을 저금한다는 대단한 계획을 세워놓고 흐뭇해하고 있었는데, 여기서는 그런 얘길 가지고는 명함도 못 내밀었다. 250만 원에서 150만 원을 저금하는 건 대부분의 사람들이 그렇게 하고 사는 거였지 그걸 절약이라고 말하는 사람은 없었다. 왕소금 주식회사 게시판에 올라온 글을 보면 월급 100만 원 받는 사람이 80만 원을 저금한다는 것도 있었고, 월급 60만 원 받는 사람이 1500만 원의 빚을 거의 갚고 이제 400만 원 남았다는 것도 있었다. 어떻게 그럴 수 있는지 달근 씨로서는 아무리 머리를 굴려봐도 답이 나오지 않았지만 그 사람들이 그랬다고 하니 그랬구나 할 수밖에.

그런 사례들을 보자 달근 씨는 욕심이 더 생겼다. 기왕 절약하는 거 저축액을 더 늘여보자는 심산이 든 것이다. 20만원으로 한 달을 사는 사람도 있는데 한 달 지출 100만 원은 실연의 쓰린 상처를 안은 사람의 결심으로는 너무 미약했다. 달근 씨는 저축액을 조금 더 높여보았다. 만일 한 달에 200만 원을 저축한다면 어떻게 되는가? 1년이면 2천 4백만 원이니 3년이면 8천2백만 원이었다. 8천2백 만원! 6천4백과는 그 만족도가 또 달랐다. 그러다 보니 1억까지도 욕심이 났다. 억! 소리만 들어도 심장이 뛰는 액수였다.

달근 씨는 월 200만 원을 목표로 세웠다. 그러자면 생활 패턴 자체를 바꿔야 했다. 그러자 자가용이 가장 먼저 단두대에 올랐다. 이제 보니 자동차 한 대 굴리는데 들어가는 돈이 장난이 아니었다. 기름값에, 1년에 두 번 내는 세금, 보험료, 차량 수리비, 통행료, 주차비, 가끔 날아드는 과태료까지 해서 얼추 50만 원이란 액수가 잡혔다. 애인이 있을 때야 폼나게 보여야 하니까 자동차를 굴린다지만 채인 마당에 와서 그 많은 경비를 지출하며 자동차를 굴릴 이유가 없었다. 달근 씨는 맘먹은 김에 바로 중고차 시장으로 가서 자동차를 팔아넘겼다. 그리고 출퇴근은 지하철이나 버스로 했다. 자가용 말고도 절약할 것들은 많았다. 달근 씨는 전기와 물을 아끼기 위해 세탁은 몰아서 한 번에 했으며, 휴지도 필요이상 쓰지 않았다. 처음엔 그깟 물한 대야 두루마리 화장지 하나 값이 얼마랴 싶어 절약 품목에 넣지 않았으나 '왕소금 주식회사'를 방문한 후 생각을 바꿨다. 거기서는 이쯤이야 하고 넘기기 시작하면 절대로 절약을 할 수 없다는 걸 누누이 강조하고 있었다. 달근 씨는 기왕 짠돌이 대열에 동참하기로 한 거 제대로 한번 해보자 하고 악착같이 그들이 시키는 대로 했다. 그러자 두 달이 지나면서 달근 씨의 통장에 350만 원이라는 액수가 고였다. 400이라는 목표액에는 조금 못 미쳤지만 90프로는 달성한 셈이었다. 이제 두 달 후면 또 그만한 액수가 고일 것이고 또 두 달 후면⋯⋯. 달근 씨는 엑스터시에 빠져 사망할 지경이었다. 통장에 돈이 고이는 재미가 이런 것인 줄 예전엔 정말 미처 몰랐었다.

통장에 잔고가 늘어가자 달근 씨는 욕심이 더 생겼다. 자신의 생활을 돌아보니 아직도 절약할 수 있는 데가 여기

저기 더 있었다. 바로 월세였다. 어영부영 한 달을 살고 40만 원이 뭉텅 빠져나가니 여간 아까운 게 아니었다. 그러나 아주 변두리 빈민가를 찾아든다면 몰라도 이보다 더 싼 원룸을 구하기는 쉽지 않았다. 그러다가 저녁 뉴스에서 고시원을 보았다. 뉴스에서는 고시원 화재 사고를 내보내고 있었는데, 고시원을 보는 순간 달근 씨는 불난 건 안중에도 없고 바로 저거다, 하고 무릎을 탁 쳤다. 고시원은 잘만 고르면 20만 원 안팎에 들어갈 수 있는 데가 있었다. 그것도 회사 근처에 얻는다면 출퇴근 교통비까지 아낄 수 있었다. 달근 씨는 더 생각해볼 여지없이 회사 앞 고시원으로 옮기고 그 차액을 또 몽땅 통장에 넣었다.

그러나 절약의 삶에 장점만 있는 건 아니었다. 갑자기 사람이 달라지자 회사에서 달근 씨를 보는 시선이 곱질 않았다. 전에는 술값이란 술값은 자기가 혼자 다 내고 다니더니 요즘엔 밥 한 끼 사는 것도 쩔쩔맸다. 술자리에는 아예 가지도 않았다. 어쩌다 밥자리 술자리에 가도 돈 낼 때가 되면 슬그머니 화장실 가는 척하고 자리를 피하거나 쓸데없이 외투는 멀찍이 걸어놓아 남들이 계산을 다 하고난 뒤에 옷을 걸치고 나왔다. 처음 얼마간은 그동안 얻어먹은 게 있어 봐주는 척하더니 장기화되자 모두들 달근 씨를 아주 치사하고 야비한 놈 취급했다. 달근 씨는 그러거나 말 거나 소신을 굽히지 않았다. 돈 때문에 여자에게 채여본 자가 아니면 이런 행동을 이해 못할 것이다. 통장에 돈이 고이는 재미를 모르는 사람은 이 심정을 모를 것이다.

퇴근 후 술자리를 마다하니 달근 씨가 갈 데라고는 집 밖에 없었다. 어디에서 무엇을 하든 지갑을 열지 않고는 아무 것도 할 수 없었다. 달근 씨는 그저 집에서 핸드폰과 컴퓨터만 끼고 살았다. 돈 안 쓰고 시간을 때우는 데는 그 만한 게 없었다. 특히 '왕소금 주식회사'를 방문하는 일은 일과 중의 일과가 되어버렸다. 처음에는 혼자 슬쩍 방문 해서 남의 정보만 빼갔으나 차츰 익숙해지자 달근 씨도 글 을 남기고 싶은 욕구가 생겼다. 그러나 절약 노하우는 이 미 너무나 많은 정보가 넘쳐 더 붙일 게 없었다. 달근 씨 는 '과거를 묻지 마세요' 방으로 갔다. 그곳은 흥청망청 써 대던 과거를 반성하고 개과천선해 지금은 짠돌이로 살아 가는 얘기를 하는 방이었다. 그런 거라면 달근 씨도 할 말 이 많았다. 달근 씨는 내 집 마련이 안 돼 여자에게 딱지 맞고 지금은 불철주야 절약으로 살아가고 있는 글을 종종 올렸다. 그러면 그런 여자는 미련 갖지 마라, 생각할 가치 도 없다, 여자하고 버스는 잡는 게 아니다, 누군지 모르지만 당신에게 새 삶을 안겨준 좋은 여자……. 등등 하며 댓글이 올라왔다. 달근 씨는 자기 얘기를 하고 싶었던 것보다 회원들의 그런 반응이 재밌어 더 자주 글을 올렸다. 달근 씨는 이제 그곳을 방문하지 않으면 하루가 마감이 안 될 정도로 왕소금 주식회사에 푹 빠져 지냈다.

　절약에도 이력이 붙자 달근 씨는 다시 슬슬 연애가 하고 싶어졌다. 여자를 만나고 싶은 생각이야 소정이와 찢어지던 날부터 들었지만 여자를 만나면 돈을 써야 하는 게 무서워 달근 씨는 그동안 여자 만나는 일을 회피해 왔다. 지금도 여자를 만나 돈 쓸 생각은 없지만 그렇다고 여자 만나는 일까지 피해가며 살다보니 이게 사는 게 사는 게 아니었다. 절약도 좋지만 어느 정도는 인간다운 생활도 누리고 싶었다. 돈 많은 여자를 만난다면 꿩 먹고 알 먹고 할 수 있는 걸 굳이 피할 이유가 없었다.

　그런데 메뚜기도 한철이라고 어쩐 일인지 요새는 통 여자가 와서 붙질 않았다. 간혹 달근 씨의 나이를 걱정하고 맞선 자리를 주선해주는 사람은 있었는데 여간해서 달근 씨 가슴에 와서 꽂히질 않았다. 전에는 그저 달근 씨에게 와서 착 엉기며 오빠오빠 하면 한동안 잘 놀아줬는데, 이젠 웬일인지 상대 여자가 짠순인지 아닌지 그것부터 눈에 들어왔다. 여자가 아무리 예뻐도 허영 덩어리면 두 번 보지 않았다. 만일 그런 여자와 결혼했다가는 달근 씨의 짠돌이 인생 자체가 위협을 받을 판이었다.

그러던 어느 날, 달근 씨 맘에 꼭 드는 여자가 나타났다. 사랑이라 말하기는 뭣하지만, 그 뭐랄까 코드가 맞는다고 할까. 그 여자는 달근 씨보다 더 지독한 짠순이였다. 짠순이라면 달근 씨에게 일단 50점은 거저먹고 들어갔다. 그 여자는 달근 씨가 가끔 가던 식당 아줌마가 소개했는데, 그 여자는 맞선 장소도 그 식당으로 하겠다고 우겨 아주 난처했었다고 했다.

그 여자 양순 씨는 만나서도 내내 돈 얘기만 했다. 맞선이라는 게 서로 얼굴 보는 게 목적인데 왜 비싼 커피 마시며 호텔 좋은 일을 시키는지 이해가 안 간다고 했다. 그러면서 돈 타령만 하기 무안했던지 이런 장소에 기분나빠하지 않고 나오는 걸 보니 달근 씨는 엄청 소탈하고 자기와도 잘 맞을 것 같다고 분위기를 띄웠다. 달근 씨는 뭐가 뭔지 아직은 잘 모르겠지만 일단 돈은 적게 들겠구나, 생각했다.

양순 씨는 짜게 살기 위해 이 세상에 태어난 사람 같았다. 짠순이더라도 자기 돈이나 아끼지 남의 호주머니 걱정까지는 안 하는 게 대부분인데 이 여자는 온 천지 사람 호주머니를 다 걱정하고 있었다. 그러면 달근 씨는, 호텔 같은 데서 커피도 마시고 그래야 호텔 사람도 먹고살지 양순 씨 같은 사람만 있다가는 호텔 다 망한다고 핀잔 아닌 핀잔을 주었다. 이렇다보니 양순 씨와 만나서 하는 얘기는 늘 절반 이상이 돈 얘기였다. 달근 씨도 짠돌이라면 둘째 가라면 서럽고 오랜 시간 짠순이를 찾아 헤맸지만 너무 돈돈 하니 이도 지겨웠다. 데이트라는 게 돈도 좀 써야 하는데 절대 못 쓰게 하니 남자 체면에 쪽도 좀 팔리고 맹숭맹숭 재미도 없고 그랬다. 노래방 같은 데 가서 악쓰고 노래도 부르고 시커먼 데서 분위기도 좀 잡고 그래야 남녀사이도 발전하는 건데 맨날 공원 같은 데서 산책이나 하니 달근 씨는 이게 뭐하는 짓인가 싶었다. 밥도 돈가스 정도는 쏠 수 있는데 양순 씨는 실속이 없다며 분식집이나 순댓국집으로 달근 씨를 끌고 갔다. 돈을 안 쓰는 건 좋으나 데이트가 너무 단조롭고 촌스러워 달근 씨는 진짜로 죽을 맛이었다.

그런데 어찌된 것이 죽을 맛이네 하면서도 달근 씨는 틈만 나면 양순 씨를 만나러 나갔다. 이 여자가 돈에 좀 팍팍해서 그렇지 다른 건 버릴 게 없었다. 사실 짠순이도 그걸 결코 나쁘달 순 없었다. 양순 씨는 음식 솜씨도 좋아 전에 언젠가 그녀가 만들어다 준 반찬을 아주 맛있게 먹은 적이 있었다. 더구나 그녀는 9평짜리 독신자 아파트도 갖고 있었다. 이쯤 되면 달근 씨의 짝으로 손색이 없었다. 달근 씨는 고시원 독방 신세도 처량하고 혼자 챙겨먹는 밥도 지긋지긋해 이젠 결혼이 하고 싶었다. 달근 씨가 결혼을 안 한 건 순전히 돈이 아까워서였는데 양순 씨는 절대로 달근 씨 통장에 누를 끼칠 것 같지 않았다. 그래서 달근 씨는 양순 씨에게 프러포즈를 했다. 양순 씨도 처음엔 빼는 척하더니 곧 좋다고 해 결혼 약속은 이뤄졌다. 그러나 프러포즈가 너무 쉽게 받아들여지자 달근 씨는 은근히 걱정이 앞섰다. 달근 씨는 결혼 약속까지 하고도 여자가 떠나버린 과거가 있어 그것만 가지고는 안심할 수 없었다. 달근 씨는 양순 씨를 거시기하기로 했다. 여자는 누가 뭐래도 도장을 확 박아놔야 도망갈 생각을 못한다. 그런데 어디서 거시기를 해야 할지가 문제였다. 여관을 가자면 펄쩍 뛸 테고, 양순 씨 집은 친구가 있어 안 되고, 그렇다고 고시원은 더 말도 안되었다. 고시원은 한 사람 눕기도 빠듯해 두 사람이 엉겨 무엇을 한다는 건 상상만으로도 끔찍

했다. 더구나 투덕거리는 소리가 옆방에 다 들려 풍기문란 죄로 쫓겨나기 십상이었다. 좋은 수가 떠오르지 않았다. 그녀와 거시기 할 작정을 하자 달근 씨 머릿속엔 온통 그 생각만 가득했다. 그런 자신이 야비하게 느껴져 관둘까도 했으나, 혈기방장한 나이에 공원에서 산책만 한다는 건 성에 대한 모독이자 젊음에 대한 예의가 아니라고 생각했다. 플레이보이 시절엔 그 짓도 참 많이 했다. 아마도 달근 씨가 룸싸롱이나 홍등가에 갖다 바친 돈만 해도 소형 아파트 한 채는 사고 남을 것이다. 그런데 지금은 돈 무서워 고작 인터넷 야동이나 뒤적이며 끓어오르는 성욕을 달래고 있었다. 음란 사이트도 툭하면 돈 내라는 주문이 떠 광고화면만으로 버텨왔다.

　달근 씨는 술을 빙자해 양순 씨를 여관으로 유도하기로 했다. 돈이 아무리 무서워도 인사불성이 된 사람을 길바닥에 버리고 가지는 않을 것이었다. 이 방법은 과거에 여자 꼬드길 때 종종 써먹던 것이었다. 달근 씨는 늦은 밤, 여관이 밀집해 있는 한 선술집에서 술이 떡이 되도록 취했다. 아니 취한 척했다. 달근 씨가 테이블에 고개를 처박은 채 꼼짝도 않자 양순 씨가 안절부절 못했다. 정신 좀 차려보라고 달근 씨를 계속 흔들었으나 달근 씨는 일부러 더 취한 척 옴짝달싹 안했다. 급기야 양순 씨가 나가는 옆자리 손님에게 부탁해 달근 씨를 문밖까지 끌어냈다. 술집을 나오자 여관과 모텔 불빛이 한눈에 취객들을 사로잡았다. 달근 씨는 이때다 싶어 완전히 바닥에 고꾸라졌다. 이젠 저도 어쩌지 못하고 여관으로 가겠지. 그런데 이게 웬일인가. 양순 씨가 지나가는 택시를 잡는 게 아닌가. 아, 이게 아닌데. 달근 씨는 무슨 일이 있어도 택시를 타서는 안 된다고 생각했다. 그래서 일부러 토하는 척했다. 잠시 멈췄던 택시는 손님이 타질 않자 그냥 가버렸다. 택시를 타는 일마저 어렵다고 생각한 양순 씨는 급기야 달근 씨를 데리고 가까운 여관으로 갔다. 양순 씨가 카운터 앞에서 얼마에요? 라고 물었다. 주인이 옆에 술 취한 달근 씨를 한번 슬쩍 넘겨다보더니 잠시 들렀다 가면 2만원이고 하룻밤을 자면 4만원이라고 했다. 그러자 양순 씨가 더 싼 방은 없나요? 라고 다시 물었다. 주인은 대꾸는 않고 별 이상한 여자 다 보겠다는 듯 양순 씨를 빤히 쳐다봤다. 달근 씨는 좀 미안한 생각이 들었다. 이런 계산은 남자가 해야 하는 건데 괜시리 여관 앞에서 양순 씨를 난처하게 했다는 생각이 든 것이다. 그러나 다 된 밥에 코를 빠트릴 순 없었다. 달근 씨는 끝까지 모르는 체했다. 양순 씨가 2만원과 4만

원 사이에서 갈등했다. 두 시간이면 술은 깨겠으나 그때면 대중교통이 끊겨 택시비가 여관비보다 더 나올 판이었다. 양순 씨는 울며 겨자 먹기로 4만 원짜리 방을 끊었다. 양순 씨에겐 난생 처음 써보는 과윗 돈이었다.

　방으로 온 양순 씨는 달근 씨를 침대에 내다 꽂으며 어떻게 이런 식으로 4만 원을 쓸 수 있냐며 앙탈을 부렸다. 그러면서 당신과는 이제 끝이야 끝, 하며 나가려 했다. 끝이라는 말에 달근 씨는 술이 확 깼다. 그리고 나가려는 그녀를 붙잡았다. 이제 여관방에 들어온 이상 더 이상의 쇼는 필요 없었다. 달근 씨는 양순 씨를 들어다 침대에 눕혔다. 그리고 술기운을 빌어 그녀의 옷을 벗기기 시작했다. 갑자기 벌어진 상황에 당황한 양순 씨는 안 돼, 안 돼를 연발했지만 달근 씨가 강하게 밀어붙이자 어느 시점에 가서는 포기한 듯 가만있었다. 이미 결혼을 약속한 사이가 아니던가. 그런데 폭풍이라도 삼킬 듯 거세게 달려들던 달근 씨가 갑자기 주춤했다. 양순 씨 위에서 뭔가 심경의 변화가 일어난 것이었다. 심경의 변화. 그건 바로 그녀의 속옷 때문이었다. 달근 씨는 그녀의 속옷을 보는 순간 차오르던 성욕이 순간 싹 달아나 더 이상 안을 수가 없었다. 달근 씨는 잠시 호흡을 고르다가 더 이상 오르기를 포기하고 그녀 위에서 내려왔다. 양순 씨가 뭔가 말을 하려는 듯 입술을 실룩실룩 하더니 그냥 일어나 옷을 입기 시작했다. 그리고는 나쁜 새끼, 한 마디 하고는 여관방을 나갔다. 달근 씨는 그 나쁜 새끼가 뭘 의미하는지 잘 몰랐다. 거칠게 달려들던 자신을 향한 질책인지, 아니면 헤진 속옷을 감싸 주지 못한 서러움의 표현인지를.

그날 이후, 달근 씨는 양순 씨를 다시 만나지 못했다. 그녀를 다시 만나 나쁜 새끼에 대해서도 물어보고 4만 원도 갚으려고 했으나 그녀는 끝내 달근 씨를 만나주지 않았다. 한 달 동안 못 만나게 되자 그제야 그녀가 떠났다는 게 실감이 났다.

달근 씨는 다시 혼자가 되었다. 외로워도 슬퍼도 나는 안 울어. 달근 씨는 여전히 고시원 생활을 고집하며 구내식당을 이용했고, 왕소금 주식회사도 빠짐없이 들러 그날의 일기를 고했다. 그러다보니 어느덧 달근 씨가 목표로 했던 3년이 다 되어가고 있었다.

달근 씨는 김밥을 먹다가 문득 자신이 도대체 뭘 위해 짠돌이란 비난을 받으며 돈을 모으고 있는지 의문이 들었다. 내 집 마련이 목표이긴 했지만 어느새 보니 그 목표에 인생 전부가 지배를 당하고 있었다. 달근 씨는 왠지 스스로 쳐놓은 덫에 제대로 걸려든 느낌이었다. 절약도 생활 속에서 묻어날 땐 괜찮다. 그것은 당구가 취미인 것과 다르지 않을 것이다. 그러나 목표가 되고 보니 초라하고 볼품없었다. 달근 씨는 지금 이 생활을 접을까도 고민해보았다. 과거로 돌아가 다시 폼나게 살아보고도 싶었다. 그러나 어쩐지 그건 더 아닌 것 같았다. 그것은 언제 무너질지 모르는 모래성 위에 아슬아슬하게 떠 있는 것처럼 불안해보였다. 달근 씨는 지금의 삶에 정당성을 인정받고 싶었다. 아니 위안이라도 좋다. 달근 씨는 지금 자기가 잘못 살고 있는 게 아니라는 답을 얻기 위해 왕소금 주식회사에 들어가서 절약에 회의가 든 지금 심경을 올리고 당신들은 왜 절약하는지를 물었다. 그러자 금방 댓글이 달렸다. 그들의 답은 단순 명쾌했다. 살아야 하니까, 였다. 거기에 정당성이나 위안 같은 사치스런 단어는 없었다.

달근 씨는 이 생활을 당분간 더 지속하기로 했다. 그런데 절약만 하고 살자니 무미건조하고 재미가 없었다. 짠돌이 생활도 이젠 너무 익숙해져 따로 머리를 쓰지 않아도 그냥 굴러갔다. 그러자 자꾸만 옆구리가 시려왔다. 결혼할 여자도 없는데 내 집 마련은 해서 뭘 하는가. 허무한 생각마저 들었다. 그럴 때마다 뭔가가 스멀거리고 올라왔다. 추적해 들어가자 저 밑바닥에서부터 뭔가가 차오르며 잘 잡히지 않던 갈망이 어느 한 곳에 가서 귀결되었다. 소정이었다. 소정이에 대한 그리움이 달근 씨를 여기까지 오게 하고 있었다. 조금 뜻밖이었다. 그런 순정이 있었다니. 그러자 소정이를 한 번 만나고 싶어졌다. 3년간 소식이 없었으니 다른 데 시집갔을지도 몰랐다. 아니, 갔을 것이다. 그렇게 예쁜 여자를 남자들이 여태 놔둘 리가 만무하지 않은가. 그렇다면 잘 살고 있는데 괜히 전화해서 평지풍파를 일으킬 수도 있었다. 그런 생각이 들자 전화를 거는 일이 쉽지 않았다. 달근 씨는 며칠을 망설이다가 그녀의 옛날 폰 번호로 전화를 걸어보았다. 뜻밖에도 그녀가 받았다. 그녀도 달근 씨의 번호를 지우지 않았는지 대번에 아는 척을 해왔다. 주저할 것 없이 두 사람은 다시 만났다. 달근 씨는 그동안 저금한 돈을 몽땅 털어 열 세평짜리 아파트를 샀다. 그리고 그 드림하우스를 소정이에게 선물했다.

달근 씨는 소정이, 아니 자기 마눌님에게 왕소금 주식회사를 소개시켜줬다. 처음엔 남자가 쫀쫀하게 그런 데나 들락거리냐며 뜨악해하더니 갈수록 달근 씨보다 더 흥미

로워하며 아예 컴퓨터 앞에서 살다시피 했다. 왕소금 주식
회사는 마늘님의 마음에도 감화를 준 것이 틀림없었다. 그
곳을 들락거리더니 마늘은 비오는 날 쇼핑센터에서 가져
온 우산 넣는 비닐에 대파를 넣어 보관했으며, 세탁기 옆
에 기다리고 섰다가 마지막 헹굼물을 받아 베란다 청소와
걸레를 빨았다. 그건 전에 달근 씨가 '짠순이 절약 노하우'
방에서 본 것들이었다. 그런데 마늘은 '과거를 묻지 마세
요' 방에도 심심찮게 들리는 것 같았다. 글을 남기는 것 같
지는 않는데 슬쩍 보면 그곳에 꽤 오래 머물러 있었다. 그
러더니 어느 날 달근 씨에게 물었다. 당신 아이디가 혹시
깨깨소금맛 아냐?

　마늘은 그 방에서 달근 씨의 흔적을 본 것이 틀림없었
다. 결혼 전 마늘에게 채였던 얘기를 종종 올렸으니 본인
이 본다면 금방 알 수 있었다. 그러나 지우기도 뭣하고 아
이디로 썼으니 궁지에 몰리면 아니라고 딱 잡아뗄 요량으
로 그냥 뒀었다. 사실 달근 씨가 쓴 얘기는 마늘이 봐서
그렇게 화가 날 내용은 없었다. 그녀에 대한 상처로 개과
천선을 했다는 등등의 얘기였으니까. 그런데 댓글이 문제
였다. 동료들은 댓글에서 한결같이 마늘을 순정도 연민도
모르는 돈에 환장한 돼먹지 못한 여자로 쓰고 있었다. 달

근 씨는 일단 아니라고 발뺌을 했다. 유치하게 아이디가 깨깨소금맛이 뭐냐고 하면서. 깨깨소금맛은 달근 씨가 3년 전 회원 가입할 때 급하게 하느라 아무 생각 없이 정한 아이디였다. 처음 '깨소금'으로 했다가 이미 같은 아이디가 있어 다시 '깨소금맛'으로 했다가 그것도 있어 에라 '깨깨소금맛'으로 하자 한 것이 그만 여태껏 쓰는 달근 씨의 아이디가 되어버렸다. 달근 씨가 아니라고 우기니 마늘도 더 따지지 못했다. 그런데 며칠 후 '과거를 묻지 마세요' 방에 글이 하나 올라왔는데 이게 아무리 봐도 냄새가 났다. thwjd라는 아이디에 제목은 '선택'이었는데, 자신의 허영심으로 좋은 남자를 놓칠 뻔했다가 지금은 다시 만나 행복하게 잘 살고 있다는 뭐 그런 내용이었다.

달근씨는 thwjd가 무슨 뜻인지 알아내려고 검색어를 다 뒤졌으나 어디에도 이런 단어는 없었다. 그러다 문득 한글 자판으로 이 알파벳을 치니 소정이란 이름이 찍혔다. 달근 씨는 슬며시 미소를 지으며 thwjd이 쓴 글에 이런 댓글을 달았다.

깨깨소금맛 – 당신의 선택에 박수를 보냅니다. 왕소금 주식회사 만세!

전

전

　엄마가 온다. 시장 모퉁이를 돌아, 사람들 틈을 비집고 어기적어기적, 엄마가 오고 있다. 그 모습이 흡사 마실 나온 집돼지 같다. 엄마는 채소전을 지나고 잡화전을 거쳐 어물전 앞에서 잠시 발을 멈추었다. 엄마의 발치에는 금방 잡아온 대왕문어가 위용을 뽐내며 임자를 기다리고 있다. 엄마의 시선이 잠시 그 대왕문어에 머물렀다가 생태와 갈치로 옮겨 다닌다. 엄마는 이것저것 값을 물어보는 눈치다. 그러나 그뿐 돈 주고 사는 법이 없다. 엄마의 지갑을 열게 하기에 해산물은 너무 비싸다. 엄마가 어물전을 뜨는 걸 보면서 나는 철판에 메밀 반죽을 부었다. 잘 달구어진 철판은 반죽이 닿자 지글거리는 요란한 소리를 냈다. 나는 국자로 꾹꾹 눌러 반죽을 펴주었다. 가장자리가 꾸덕꾸덕해질 때쯤 엄마가 왔다. 엄마는 지팡이를 내던지듯 탁 하고 바닥에 내려놓고는 나무 의자에 털썩 걸터앉았다. 앉으면서도 전을 빨리 뒤집지 않는다고 벌써부터 잔소리다. 나는 전의 한쪽 면이 완전히 익기를 기다렸다가 뒤집는데 엄마는 여러 번 뒤집어가며 익히던 습관이 남아 있어 볼 때마다 재촉이다. 나는 싸우기 싫어 전을 뒤집었다. 엄마가 누릇해진 전을 보며 주머니에서 판피린을 꺼내 마셨다. 오자마자 판피린부터 먹는 걸 보니 두통과 관절염이 또 도졌나 보았다. 이젠 제발 그 약 좀 그만 먹고 병원엘 가보라는 말이 목구멍까지 올라왔으나 그만뒀다. 내 말을 들을 엄마가 아니다.

길 건너 건어물가게 김 씨가 이쪽을 흘끔거렸다. 전에 같으면 언제 왔는지도 모르게 슬쩍 나타나서는 엄마 옆에 바싹 붙어 앉아 메밀전을 안주 삼아 한 잔 걸치고 가곤 하더니 요즘은 웬일인지 엄마를 보고도 데면데면하다. 엄마도 김 씨 가게를 등지고 앉아서는 뒤돌아보지 않는다. 엄마의 애정전선에 뭔가 문제가 생긴 게 틀림없다. 엄마 나이에도 아직 싸울 일이 남았나? 그때 사내아이가 와서 메밀전 석장을 샀다. 엄마의 얼굴이 조금 펴진다. 엄마는 채반에 우두룩하게 쌓인 메밀전을 맥없이 바라보다가 옆 난전을 노골적으로 쳐다보았다. 순대와 도넛을 튀겨 파는 옆

좌판엔 아이를 데리고 나온 여자가 접시 가득 순대를 시켜 놓고 아이의 입에 연신 떠넣어 주고 있다. 아이의 손엔 꽈배기모양의 도넛도 들려져 있다. 그러는 사이사이에도 옆 난전엔 계속 손님이 드나들며 순대와 도넛을 사가지고 갔다. 엄마는 이제 찾는 사람 없는 이 메밀전 장사를 그만 접어야겠다고 생각하고 있는지도 몰랐다. 아니 벌써 수없이 했다. 그러나 십여 년간 해오던 일을 하루아침에 걷어 치우는 건 쉽지 않았다. 메밀전을 부치지 않으면 당장 먹고사는 일이 걱정이었다. 내가 결혼에 실패하고 다시 엄마 그늘로 기어들면서 입 하나가 더 늘어나 그만두는 일은 꿈도 꾸지 못했다. 엄마는 오늘 새벽에도 일거리를 알아보러 어판장에 나갔다가 허탕을 치고 왔다. 지팡이를 짚고 나타난 쉰내 나는 노인네에게 일을 주겠다는 사람이 없었다.

엄마가 허기가 도는지 메밀전 한 장을 덥석 집더니 간장도 찍지 않고는 입안에 넣고 우걱우걱 씹는다. 엄마는 기름내 나는 메밀전이 지겹지도 않은지 볼 때마다 손이 갔다. 엄마가 메밀전을 먹는 이유가 좋아서가 아니라 있는 음식으로 끼니를 때우려는 걸 모르지 않으나 나는 볼 때마다 타박을 놓았다. 아마 내일 아침도 엄마와 나는 오늘 팔다 남은 메밀전으로 아침을 때워야 할 것이다. 지난 장날 다음날에도 엄마는 팔다 남은 전을 아침이라고 내밀었다.

"그느무 김치전, 제발 밥 좀 먹자."

나는 넌더리를 내며 돌아앉았다.

"이년아, 그럼 팔다 남은 걸 어째?"

엄마는 내 먹성 따위는 아랑곳없이 개다리소반에 있는 김치전을 한 점 죽 찢어 입에 넣고는 물김치 대접을 들어 한 모금 꿀꺽 삼켰다. 물김치에 있는 무쪼가리가 딸려 들어갔는지 아작아작 씹는 소리가 났다. 그 꼴을 보자 은근히 부아가 올라 나는 또 염장이 지르고 싶어졌다.

"요샌 김 씨 안 만나나? 전엔 쥐 풀빵구리 드나들 듯하더니."

나는 엄마의 아킬레스건을 알고 있다.

"머이 어째 이년아, 드나들긴 언제 드나들었다고."

엄마가 얼굴이 벌게지며 젓가락을 소리 나게 탁 내려놓았다. 그냥 넘어갈 듯도 하련만 김 씨 얘기만 나오면 저런다. 아니 엄마는 남자 얘기만 나오면 낯빛이 변했다. 혹여 그런 얘기가 내 아버지의 얘기로 번질까 우려해서였다. 엄마는 아직 아버지에 관해 한 번도 제대로 얘길 해준 적이 없었다. 내가 아주 어릴 때 배타고 나갔다가 죽었다는 것뿐. 그것도 장터 횟집 수정궁 아줌마가 슬쩍 흘려줘서 알

앴지 엄마는 도통 정보를 주지 않았다. 엄마는 한때 엄마와 잠깐씩 인연을 맺었던 남자들을 아버지라 부르라고 했었다. 그중엔 정말 친아버지처럼 잘 대해준 사람도 있었고 생긴 것도 사는 것도 괜찮아서 저분이 정말 내 아버지였으면 했던 사람도 있었다. 그러나 그들은 짧게는 한 달, 길게는 몇 년 엄마와 내 주위를 맴돌다가 어디론가 가버렸다. 김 씨는 엄마가 아버지라고 부르라고 한 마지막 남자다. 그러나 엄마 말을 듣기에 나는 너무 나이를 먹었다.

내가 김치전을 거들떠도 안 보자 엄마는 먹다가 만 밥상을 한쪽으로 미뤄놓고는 담배를 붙여 물었다. 아침밥이라고 해야 기름내 나는 김치전인데 그거라도 두둑하게 먹게 놔둘걸 괜한 소리로 또 엄마 속을 뒤집었다. 나는 엄마만 보면 부글부글 끓어오르는 속을 참지 못했다. 헝클어진 머리, 늘어진 뱃살, 물 빠진 티셔츠……. 그동안 김 씨가 붙어있어 준 것도 용하다. 하기야 김 씨도 홀아비 처지에 뾰족한 수가 없으니 그랬을 테지만 말이다.

그런데 요즘은 김 씨가 엄마를 보러 오지 않는다. 김 씨가 발길을 끊은 건 아마도 엄마의 폐경 시기를 전후해서인 듯하다. 몇 달 전 엄마는 그동안 들락날락 하더니 이젠 아예 비추지도 않네, 하며 폐경이 된 걸 시원섭섭해 한 적이 있었는데, 그동안 이 구실 저 구실 삼아 가끔이라도 들락거리곤 하던 김 씨가 엄마의 아랫도리마저 별 볼일이 없어지자 이참에 아예 내왕을 끊고 만 것이다. 전에도 김 씨가 내가 집에 있을 때 온 적은 거의 없었기 때문에 지금도 가끔 들린다고 하면 거짓말하지 말라고 우길 수는 없었다. 그러나 사람이 들고난 자리는 어디가 달라도 달랐다. 엄마는 대낮에 나 몰래 딴짓하는 게 볼썽사나울까 봐 김 씨가 다녀가고 난 뒤처리는 깔끔하게 하는 편이었지만 하느라고 해도 허술한 구석은 있게 마련이었다. 미처 엄마의 눈길이 가 닿지 못한 곳에서 담배꽁초가 발견된다든가 엄마의 머리에 못 보던 새 머리핀이 얹어져 있다든가 등등. 그보다도 김 씨가 다녀가고 난 날은 엄마의 표정부터가 달랐다. 뭔지 모르게 달뜨고 흥분되어 엄마의 볼은 발갛게 달아올라 있었고 신경은 온통 다른 데 가 있어 내가 뭐라 말을 해도 내내 건성이었다. 그런데 요즘은 집에서 전혀 그런 기운을 찾아볼 수 없다. 한 달 전 담배꽁초가 있던 그 자리에 그 꽁초가 그대로 있고, 두 달 전 신발장 옆에 죽어있던 바퀴벌레가 여직 그대로 놓여 있었다. 엄마의 볼은 늘 칙칙한 빛깔을 띠고 있었으며 나만 보면 시시때때로 잔소리만 늘어놓았다. 전에는 그래도 가끔이었지만 두어 달에 한 번씩은 미장원에 들러 머리 손질도 하고 장날 싸게 팔더라며 촌스럽지만 옷가지라도 하나씩 사들이곤 하더니 김 씨의 발길이 끊기고부터는 그마저도 하지 않는다. 이제 엄마에게서는 어디서도 여자의 흔적은 찾을 수 없다. 김 씨가 찾아올 때는 그래도 엄마를 여자로 여기니 찾아오지 싶어 나도 어느 한 구석은 여자로 남겨놓는 부분이 있었는데 엄마의 볼이 더 이상 상기되지 않으면서 나도 여자로 보지 않게 되었다.

철판에 묵은지와 쪽파를 올리고 반죽을 붓자 기름 튀는 소리가 요란하게 났다. 김치 양념이 배어들어간 반죽은 금세 붉으죽죽한 빛깔을 띠었다. 전이 반쯤 익었을 때 얼른 뒤집었다. 처음엔 뒤집다가 번번이 김치와 파가 반죽에서 떨어져 나와 애를 먹었으나 지금은 엄마처럼 모양도 고르게 잘 부쳐냈다. 나는 오후에 손님이 몰릴 걸 대비해 미리미리 부쳐두었다. 그리고 양념장도 다시 한 번 잘 챙겼다. 전은 뭐니 뭐니 해도 양념장이 중요했다. 전으로 이리저리 맛을 내느라 애쓰느니 양념장으로 입맛을 사로잡는 게 더 빨랐다. 다른 건 다 내가 해도 양념장만은 아직 엄마의 손맛을 빌리고 있는 것도 그래서다.

엄마가 판피린 한 병으로 통증이 쉬 가라앉지 않는지 또 한 병을 꺼내어 꿀꺽 삼켰다. 제발! 보다 못한 내가 참견했다. 엄마는 들은 체 만 체 죽으면 썩어질 몸, 하면서 약병을 쓰레기통에 휙 던졌다. 엄마의 판피린 중독은 위험지수를 넘어서고 있었다. 처음 두통 때문에 한 병 두 병 마시기 시작한 것이 요즘은 하루에 다섯 병을 넘기고 있었다. 금방 여섯 병 일곱 병이 될 것이다. 그러나 나는 판피린 통을 치우지 못한다. 당장 판피린을 먹지 않으면 하루를 버티는 것이 얼마나 힘든지 모르지 않기 때문이다.

엄마가 십오 년 동안이나 해오던 이 장사를 내가 물려받은 지는 아직 채 한 달이 안된다. 엄마는 관절염이 악화되어 시장 일을 그만둬야 했다. 쿡쿡 쑤시는 무릎 통증을 판피린으로 지그시 눌러가며 버텨왔는데 급기야는 왼쪽 무릎이 굽혀지지 않아 더 이상 시장에 쪼그리고 앉아 메밀전을 부칠 수가 없게 되었다. 차라리 잘된 일이었다. 다른 데 눈을 돌리다 보면 엄마도 시장 바닥이 세상의 전부가 아니라는 걸 알게 될 것이다. 그런데 장사를 그만둔 것 까지는 좋은데 시장을 나갈 수 없게 되자 그나마 가끔 가던 병원도 가질 않겠다고 버텨 골치가 아팠다.

"망할 놈의 병원, 남의 돈만 처먹고 맨날 그 식이 장식인 걸 뭐하러 가?"

장사를 할 때도 돈 아깝다고 병원을 멀리하던 엄마였으니 더 말할 게 없었다. 사실 엄마는 퇴행성관절염이라 평소 조심하는 것이 그저 최고다. 무리하지 말고 가벼운 운동으로 더 나빠지지나 않게 해야 하는데 그게 엄마에게 씨나 먹힐 얘긴가. 엄마가 운동이나 살살하며 살 팔자가 안 된다는 건 하늘이 알고 땅이 안다. 엄마는 질질 끌더라도 움직일 수만 있으면 시장에 나가 좌판을 깔았다. 그러다 견딜 수 없이 아파오면 병원에 가서 굵은 주사바늘로 무릎에 고인 물을 한 아름씩 뽑아내고 판피린 한 병으로 통증을 눌렀다. 그런데 무릎에 고인 물은 한 대롱씩 뽑아내는 데도 보름이면 또 어김없이 무릎 주위에 꽉 차올라 보는 사람을 아주 신산스럽게 했다. 관절염엔 쪼그리고 앉는 게 가장 나쁜데 죽으면 썩어질 몸, 하며 고집을 부렸으니 자업자득인 셈이었다.

시장을 나갈 수 없게 되자 엄마의 잔소리는 부쩍 더 늘었다. 엄마가 우겨서 한 내 결혼이 잘못되면서 엄마는 더 그악스러워졌다. 엄마는 내게 언제까지 빈둥거리기만 할 거냐고 볼 때마다 탓을 했다. 그리고 한나절이 되도록 처자빠져 잔다고 잔소리, 립스틱 색깔이 너무 진하다고 잔소리, 기집년이 너무 늦게 다닌다고 잔소리를 퍼부어댔다. 담배를 붙여 무는 횟수도 많아졌다. 전에는 담뱃값이 아깝다고 안 피웠었는데 돈 무서운 줄 모르고 피워대는 걸 보니 엄마의 속이 속이 아니구나 싶었다.

보다 못한 내가 엄마가 하던 메밀전 장사라도 하겠다고 나섰다. 엄마도 했는데 엄마의 딸인 내가 못할 이유가 없었다. 처음에 엄마는 내 말이 농담처럼 들렸는지 시큰둥했다. 하기야 언제 한번 엄마가 내 말을 귀여겨들은 적이 있었나. 허구한 날 빈둥거리는 내 꼴을 보며 속에서 열불이 날 때는 홧김에 화덕 지고 나가 메밀전이라도 부치라고 퍼부어댔지만 그럴 때마다 들은 척도 안했으니 엄마의 반응이 그럴 만도 했다.

그런데 내가 진짜로 장사 설기들을 둘러메고 시장에 나앉자 처음엔 펄쩍 뛰었다. 죽어라 공부시켜 놨더니 어디할 짓이 없어 무지렁뱅이나 하는 난전 장사냐는 거였다. 여상 졸업장 가지고는 어디 가서 주방일도 하기 힘든 세상이 되었다고 해도 엄마는 듣지 않았다. 학교 문전에도 못가본 엄마에겐 누가 뭐래도 고등학교 졸업이면 최고였던 것이다. 아마도 엄마는 나를 고등학교까지 졸업시키기 위해, 아니 엄마처럼 안 살게 하기 위해 메밀전을 수천 장도 더 부쳤을 것이다. 그런데 고작 한다는 짓이 또 그 짓거리니 엄마로서는 기가 찰 노릇이었던 것이다. 나는 밤 장사는 하지 않고 5일마다 열리는 장날에만 장사를 하겠다는 것으로 엄마의 허락을 얻어냈다. 내가 장사라도 하겠다고 나선 건 5일에 한 번이라도 엄마와 떨어져 있기 위해서다. 엄마와 나는 같이 있으면 서로가 못 잡아먹어 안달이었다. 엄마와 나는 빼다 박은 듯 닮았지만 서로를 지긋지긋하게도 싫어했다. 그건 내가 싫어하는 내 모습을, 엄마가 싫어하는 엄마 모습을 서로가 지니고 있기 때문이었다. 보이고 싶지 않은 내 모습을 상대를 통해 고스란히 봐야 하는 건 정말 고역이었다.

내가 장사를 나갈 때면 엄마는 방에서 잠을 잤다. 식재료며 준비물이며 좀 거들어주면 좋으련만 내 꼴이 보기 싫은지 아니면 밤잠을 잘 이루지 못한 탓인지 엄마는 훤한 대낮에 틈만 나면 싸고 누웠다. 엄마는 장사를 그만두고 나서 이상한 잠버릇이 생겼다. 초저녁에 잠깐 눈을 붙였다 깨고 나면 밤 내내 자지 못하고 뒤척거렸다. 자다가 깨서 담배를 붙여 물고 긴 한숨을 내쏟는가 하면 난데없이 노래를 부르기도 했다. 담배까지는 그런대로 봐주겠는데 한밤중에 부르는 곡성 같은 노래는 정말 참기가 힘들었다.

"바다가 육―지라면 바다가 육―지라면 배 떠난 부두에서 울고 있지 않을 것을 아아아―아 바다가 육―지라아아면 이별은 없었을 거었을."

전에도 엄마는 부엌에서 장사 준비를 하며 이 노래를 곧잘 불렀었다. 그런데 움직이면서 흥얼거리는 것과 부엌에 송장처럼 우두커니 앉아 한숨처럼 토해내는 소리는 그 분위기가 사뭇 달랐다.

"엄마!"

나는 참다못하면 한 번씩 소리를 질러댔다.

"아니 저년이 자다가 일어나서 웬 지랄이야."

"제발 그 노래 좀 하지 마. 지금이 몇 신 줄이나 아나?"

"저년은 잠귀도 밝아. 내가 니 나이 땐 누가 업어 가도 몰랐어 이년아. 그냥 콱 엎어져 잘 노릇이지."

그래놓고도 엄마는 내가 신경쓰이는지 나무토막 같은 다리를 일으켜 세워 질질 끌고는 부엌문을 밀고 나갔다. 바다가 육지라면, 바다가 육지라면, 하면서.

엄마는 언제나 앞 소절은 뚝 잘라먹고 바다가 육지라면, 하는 중간 대목부터 불렀다. 앞 소절은 가사를 외울 수도 없으려니와 아예 부르고 싶어 하지도 않는 것 같았다. 엄마에게 중요한 건 '바다가 육지라면'하는 이 구절이니까.

엄마에게 그 노래는 단순한 유행가가 아니었다. 바다를 육지로 만들고 싶은 일종의 주술 같은 것이었다. 모든 불가능한 것에 대한 분노나 갈망 같은.

엄마가 지나칠 정도로 자신을 학대하고 함부로 하는 건 다 꿈에 대한 열망 때문이다. 가슴은 뜨거운데 현실은 늘 제자리걸음이니 자신을 들볶을 수밖에. 마지막 꿈이었던 나마저 메밀전 장사로 내몰리게 되었을 때 엄마는 삶에 대한 끈마저 놓고 싶었을까. 아니 이제는 엄마도 알았을 것이다. 송충이는 솔잎을 먹어야 산다는 것을. 꿈은 늘 상처를 동반한다는 것을.

엄마의 꿈 한 언저리엔 늘 아버지가 자리하고 있었다. 어쩌다 내가 아버지에 대한 얘기를 꺼냈을 때 불같이 화를 내거나, 바다를 향해 긴 담배 연기를 뿜어낼 때 엄마의 눈빛이 촉촉이 젖는 걸 보면 알 수 있다. 세월이 흘렀어도 엄마에게 아버지는 아직 현재형처럼 보였다. 엄마가 이 척박한 바닷가 마을을 떠나지 못하고 사는 것도 어쩌면 아버지에 대한 미련 때문일지도 몰랐다. 엄마는 아버지가 배타고 나갔다가 죽었다고 일축했지만 엄마의 말끝엔 늘 설명할 수 없는 여운이 감돌았다. 그것은 존재감이 주는 기운이었다. 그 여운 때문에 나는 아버지가 살아있다고 믿었다. 중학교 때던가, 나는 엄마의 낡은 수첩에서 한 남자의 사진을 보았다. 엄마와 착 달라붙어 찍은 게 얼핏 보아도 보통 사이로는 보이지 않았다. 그런데 남자는 한쪽 팔이 없었다. 남자의 한 쪽 손은 윗도리 주머니 속에 들어가 있었는데 소매가 헐렁했다. 나중에 수정궁 아줌마로부터 내 아버지가 외팔이있다는 얘기를 들으면서 나는 그 사진 속의 남자가 내 아버지라는 확신을 가졌다. 그러면서 언젠가는 아버지를 볼지도 모르겠다는 실낱같은 희망도 안게 되었다. 그런데 어느 날 엄마의 수첩에서 사진이 사라졌다. 사진이 사라진 건 아버지를 다시 보지 않겠다는 의지일 것이다. 아마도 사진이 사라지던 날 아버지는 엄마가 아버지를 버려야만 했을 무슨 중요한 단서를 제공한 것이 틀림없었다. 그러니까 엄마는 내가 중학생이 될 때까지 아버지와 연락이 닿아 있었던 거였다. 그 이후 엄마의 입은 더 굳게 닫혔다. 내가 다 자라서 내 친아버지에 대해 알 권리가 있다고 수정궁 아줌마에게 사실을 얘기해달라고 했을 때 아줌마 역시도 아버지가 소싯적 바다에 나갔다가 상어에게 물려 한 쪽 팔을 잃었다는 얘기만 전할 뿐 더 이상은 모른다고 했다. 하기야 엄마의 입이 입 싼 장터 아낙네 앞에서 쉽게 열렸을 리 없다. 어찌 보면 수정궁 아줌마가 알고 있는 게 전부이며 엄마는 아버지에 대해 더 해줄 말이 없는 건지도 모르겠다. 엄마가 아버지에 대해 알고 있는 사실 역시 아버지 입장에서 보면 진실이 아닐 수도 있었다. 내가 아버지에 대해 알고자 한 것도 어쩌면 진실 그 자체보다 지긋지긋한 현실 때문에 도피처를 마련하고 싶은 허황된 욕심 때문일지도 모르겠다. 나는 묻어두기로 한다. 엄마도 한 가지쯤 비밀을 간직하고 살 권리는 있다. 언젠가는 엄마의 입도 열리겠지.

채반에 전이 두둑이 쌓여가는 걸 물끄러미 보고 있던 엄마가 그만 가겠다고 일어났다. 서는 게 힘든지 지팡이를 잡은 엄마의 손이 부르르 떨렸다. 엄마는 올 때와는 반대 방향으로 걸음을 옮겨놓았다. 두부 난전을 지나 모자 행상 앞에서 잠시 걸음을 멈추었던 엄마는 이내 사람들 틈으로 사라져갔다. 엄마는 지금 가는 게 아주 가는 게 아니었다. 집에서 한 숨 눈 붙이고 저녁나절 또 느직느직 장터로 나왔다. 그나마 오징어 찢는 일이라도 꾸준히 했으면 좋았으련만 그것도 아무 때나 있는 일이 아니다 보니 며칠에서 끊겼다. 얼마 전 엄마는 어떻게 알아냈는지 마른 오징어 찢는 일을 찾아내어 날이면 날마다 오징어 포대를 짊어지고 집으로 들어왔다. 그리곤 밤이고 낮이고 포대 앞에 들러붙어 앉아 아직은 온전한 손으로 오징어를 찢었다. 그러나 나까지 덤벼들어 온종일 찢어봤댔자 하루 몇천 원 벌이가 고작이었다. 그러나 엄마는 불평하지 않았다. 어렵게 얻은 일거리를 놓치지 않기 위해 손톱이 부르트도록 오징어를 찢고 또 찢었다. 오가는 시간이 아까울 때는 아예 오징어를 대는 곳에 눌러앉아 찢었다. 엄마에게 일은 사는 이유였다. 죽으면 썩어질 몸을 가만히 놀리는 건 엄마에게는 죄악이었다.

오후가 되면서 시장은 장보러 나온 사람들로 발 디딜 틈 없이 북적댔다. 채소전과 어물전은 먹을거리를 사려는 주부들로 복작거렸고 칼 가는 할아버지와 모퉁이에 자리한 뻥튀기 앞에는 구경 나온 어린이들과 남정네들로 들끓었다. 각종 회와 묵국수를 파는 곳은 오후 출출한 속을 달래려는 사람들로 빼곡히 들어차 있었다. 메밀전을 찾는 사람도 오전에 비해서는 늘어 돈 들어오는 재미가 쏠쏠했다. 장사는 엄마가 잘 닦아놓은 터라 주로 단골이 많았다. 엄마 대신 화덕을 지고 나온 나를 대견해하며 일부러 팔아주는 이웃도 있었다. 어쩌다 아는 사람과 마주쳐 내 처지를 설명해야 할 때 한 번씩 곤혹스러웠지만 몰래 숨어서 아이를 낳던 그 두려움에 비하면 난전에서 메밀전을 구워 파는 일은 지극히 온당한 양지의 일이었다.

엄마에게 등 떠밀려 한 결혼이 실패로 끝나기 전까지 나는 순진한 겁쟁이였다. 세상이 무서워 뭐든 엄마가 하라는 대로 했다. 그러면서도 나는 엄마의 그늘을 지독히도 싫어했다. 결혼도 그래서 했다. 2년 전, 한 남자를 따라 마을을 뜰 때만 해도 엄마 곁엔 다시 돌아오지 않을 줄 알았다. 그건 내 희망이었지만 엄마의 바람이기도 했다. 엄마는 어디선가 딸은 엄마 팔자 따라간다는 말을 주워듣고는 나도 엄마처럼 살까 그게 두려워 나를 얼른 시집보내고 싶어 했다. 그때 마침 적당한 혼처가 생겼다. 애가 하나 딸렸다는 게 엄마의 마음을 조금 주춤거리게 했지만 오히려 그것 때문에 내게 더 잘할 것이라며 나를 부추겨 그 남자에게 딸려 보냈다.

엄마가 애 딸린 남자에게 나를 시집보낸 건 그때 그 사건이 늘 옭아매고 있어서였다. 엄마는 내가 엄마처럼 아비 없는 자식을 낳아 기르게 되지 않을까, 그래서 엄마 팔자를 따라가지 않을까, 그게 염려되어 애가 딸렸을지언정 온전하게 가정이란 울타리가 있는 곳으로 보내려 했다. 알고 보면 나도 흠 없는 사람이 아니니 애 딸린 걸 탓할 처지도 아니고 말이다. 세상에 비밀은 없다고 행여 그때의 일이 들춰져 소박이라도 맞지 않으려면 나보다 더 약점이 많은 사람이 사는 데는 수월할 터였다. 졸업을 몇 달 앞둔 여상 3학년 때, 나는 밤늦게 집으로 돌아오다가 어떤 거친 손에 잡혀가 몸을 망가뜨렸다. 그땐 무지해서 내 뱃속에서 씨가 자라고 있는 줄도 몰랐다. 몇 달째 생리가 없고 병든 닭처럼 꾸벅꾸벅 졸기가 일쑤이자 엄마가 캐물어 알게 되었다. 학기가 끝날 때까지 다행히 배는 불러오지 않아 학교는 마칠 수 있었지만 결국 졸업식장에는 가지 못한 채 엄마 손에 이끌려 병원을 다녀와야 했다. 학교라는 억압에서 벗어나 자유를 만끽하려던 열아홉 살 시절, 나는 친구들과의 화려한 외출을 포기하고 엄마가 가두어놓은 공간에서 스무 살을 맞아야 했다. 엄마는 내 배가 차츰 불러오자 나를 집 안에 가두고 현관문에 자물통을 매달았다. 그렇게 겨울을 보내고 친구들은 아름다운 학창시절을 마감하는 졸업식장으로 향할 때 나는 야반도주 하듯 엄마의 손에 이끌려 마을에서 멀리 떨어진 병원으로 갔다. 그곳에서 사흘을 머물고 엄마와 나는 집으로 돌아왔다. 돌아올 때 내 배는 푹 꺼져 있었지만 아기는 없었다. 나를 엄마처럼 살게 하지 않으려는 엄마의 노력은 징할 만큼 눈물겨웠다. 쥐도 새도 모르게 해치운 일이긴 했지만 엄마와 나의 마음까지 속일 수는 없었다. 엄마는 행여 그때 일로 내 혼삿길이 막히기라도 할까 봐 서둘러 시집보내려 했다. 그때 마침 이웃의 주선으로 결혼 말이 오갔고 재취이긴 해도 사람 착하고 돈 좀 있다는 이유로 엄마는 나를 그 남자에게 떠넘겼다. 그런데 막상 가서 보니 애는 하나가 아니라 셋이었고 먹고사는 걸 걱정할 처지까지는 아니었으나 돈도 그리 넉넉한 편은 아니었다. 거기에 시어머니까지 딸려 있었다. 속았다는 생각에 분노했으나 돌아가 살아야 할 엄마 그늘도 뭐 그리 녹녹한 건 아니어서 일단은 살아보기로 했다. 사람 착하다는 그거 하나는 틀리지 않아 그럭저럭 살 만했다. 그렇게 팔자려니 적응하고 살 무렵, 남자가 죽어버렸다. 남자는 늦은 밤 만취한 상태로 자전거를 타고 오다가 논둑길에 거꾸로 처박혀 그길로 세상을 떴다. 남자가 죽자 엄마는 아이들이 모두 잠든 깊은 밤 몰래 찾아와 나를 데리고 다시 엄마의 집으로 돌아왔다.

뉘엿뉘엿 해가 기울자 술 냄새를 맡은 남정네들의 발길이 하나둘 머물기 시작했다. 시장 안에 버젓이 가게를 갖고 장사를 하는 곳도 많았으나 사람들의 발길은 난전으로 몰렸다. 둘 셋씩 짝지어 몰려들면서 내 손놀림도 빨라졌다. 나는 안주가 떨어지지 않게 부지런히 부쳐 그들이 찾을 때마다 대주었다. 손님이 많으면 신이 났다. 장사도 장사지만 이곳에서 세상 돌아가는 얘기를 듣는 재미가 더 좋았다. 누군가 어황이 좋지 않아 한숨짓고 있으면 요즘 고기가 잘 안 잡히는구나, 했고 집나간 마누라 욕을 하고 있으면 하는 짓이 저러니 여편네가 못 살고 나갔지, 했다. 가운데 앉은 두 남정네는 같은 어판장에서 일을 하는 사람인가 본데 뭔가 돈 계산이 맞질 않았는지 아까부터 니 잘못 내 잘못 하며 티격태격했다. 저러다 말면 좋은데 어떨 때는 술병이 작살나며 주먹이 오가기도 해서 나는 내심 조마조마했다. 그런데 술이 몇 잔씩 들어가면서 화제는 업주의 잘못으로 바뀌고 공동의 적이 생기면서 그들은 금세 의기투합했다. 그러더니 돌연 노래를 부르기 시작했다. 한 남정네가 '못난 내 청춘'을 부르자 다른 사람이 '목포는 항구다'를 불렀다. 사람들의 시선이 흘끔흘끔 내 가게를 향했다. 그러나 일단 취기가 오른 그들은 멈출 줄 몰랐다. 그들은 제목도 알 수 없는 노래를 몇 곡 더 불러제끼더니 아는 노래가 다 떨어졌는지 갑자기 화살을 내게로 돌렸다.

나보고도 노래를 하란다. 나는 절레절레 하며 아는 노래가 없다고, 내가 노래를 부르면 술맛이 확 떨어진다고 버텼다. 그러나 막무가내였다. 급기야는 술까지 권했다. 피해 갈 수 있을 것 같지 않았다. 술을 마시지 않으려면 노래라도 불러야 했다. 그때 내 머릿속으로 번개처럼 한 노래가 스쳐지나갔다. '바다가 육지라면'.

그런데 앞 소절이 떠오르지 않았다. 엄마는 한 번도 앞 소절을 부른 적이 없었다. 나는 에라 모르겠다 막가는 심정으로 중간부터 부르기 시작했다. 바다가 육지라면 바다가 육지라면 배 떠난 부두에서 울고 있지 않을 것을 아아 아 바다가 육지라면 이별은 없었을 것을.

"야, 그 노래 정말 오랜만이다. 그 노래 조미미가 불렀지?"

"아냐, 주현미가 불렀어."

"아냐, 조미미라니까."

"주현미라니까."

그들은 내가 앞 소절을 뚝 잘라먹고 부른 데 대해서는 아무 얘기도 없고 엉뚱한 싸움을 벌이고 있었다.

"좋아, 그럼 노래 부른 미스 김한테 물어보자. 미스 김이 노래 누가 불렀나? 조미미야? 주현미야?"

그들은 난데없는 질문을 던져놓고 내 입술만 쳐다봤다. 내가 가수를 알 턱이 없었다. 그러나 모른다고 했다가는 조미미와 주현미의 싸움이 다시 시작될 것 같았다.

"이 노래 울 엄마가 불렀는데요."

그들은 엄마라는 말이 재밌는지 엄마? 엄마? 하더니 서로 얼굴을 마주보며 낄낄댔다.

그때였다. 내 모처럼의 사업장이 난장판이 된 것은. 언제 왔는지 엄마가 덤벼들어 장사 설기들을 부수기 시작했다. 탁주 사발이 엎어지고 메밀반죽이 쏟아져 바닥에 흥건히 고였다.

"이년아, 장살하랬지 누가 그따위 노래를 부르랬나? 술 팔고 노래 팔고 그담엔 몸띵이까지 팔끼나?"

엄마는 한쪽 다리를 지탱해주던 지팡이를 쳐들고 아무데나 막 휘둘렀다. 술을 마시던 남정네들은 놀람결에 물러나고 언제 왔는지 사람들이 몰려들면서 시장판은 삽시간에 아수라장이 되었다.

"뭔 구경이 났소?"

엄마가 사람들을 향해 냅다 소리를 질렀다. 사람들이 주춤주춤 하나둘 물러갔다. 어두워지면서 난전들은 거의 들어가고 먹을거리 장터만 띄엄띄엄 남아있던 터라 시장은 어수선했다. 나는 썰렁한 기운이 감도는 난전에 엎드려 설기들을 주섬주섬 그러모았다. 주전자는 찌그러지고 화덕은 깨져 다시 장사를 하기는 어려워 보였다.

"다 버리거라."

엄마는 그 한마디를 내뱉고는 지팡이에 의지해 한쪽 다리를 질질 끌며 자리를 떠났다.

멀찌막이 서서 엄마의 행패를 보고만 있던 김 씨가 나를 도와주러 왔다. 무거운 화덕이며 부서진 의자며 하는 것들이 그의 손에 닿아 제자리를 찾았다. 나는 문득 김 씨가 진짜로 내 아버지였으면 좋겠다는 생각이 들었다. 내게도 아버지가 있었다면, 인생의 갈피갈피 뭉그러지고 찌그러졌을 때 아버지를 버팀목 삼아 조금은 덜 힘겹게 고비를 지나왔을 것이다. 아버지…… 나는 김 씨의 낡은 구두 두 짝에다 대고 가만히 불러보았다. 바깥으로 소리 내어 불러본 건 생전 처음이었다.

김 씨가 다 되었다면서 손을 탈탈 털며 일어났다. 김 씨 덕분에 일이 빨리 끝났다.

"고맙습니다, 아저씨."

나는 진심으로 고마웠다. 김 씨가 엄마 옆에 있어준 것도 고마웠고 내게 아버지라는 그리움을 안겨준 것도 고마

웠다. 김 씨가 말없이 내 어깨만 두 번 툭툭 치고는 건어
물 가게를 향해 걸어갔다. 김 씨가 이런 온정이 있는 사람
인 줄 진즉에 알았더라면. 뒤늦은 후회였다.

　나는 전대에 있는 돈을 몽땅 꺼냈다. 하루 벌이가 꽤 쏠
쏠했다. 주변을 둘러보니 어느새 난전은 다 철거되고 점포
마다 불이 들어와 있었다. 나는 미란부티크라는 옷가게로
들어가서 가장 화려하고 빛나는 것으로 엄마의 옷을 샀다.
엄마 생애 최대의 호사였다. 옷가게를 나오다가 어물전에
들러 갈치도 한 마리 샀다. 내일 아침엔 갈치구이로 아침
밥상을 차릴 것이다. 나는 엄마의 옷이 든 쇼핑백과 갈치
봉지를 들고 어두워진 시장 골목을 터덜터덜 걸어갔다.

폐허의 정원

이성준(소설가)

1

소설 독법은 작품의 개성만큼이나 다양하다. 소설 세계는 풍요롭게 열려 있기 때문이다. 소설가는 자기 세계를 추구하는 과정에서 여러 실험을 통해 문체의 변화를 경험하고, 독자는 이 경험에서 나온 형상들을 여러 각도에서 응시하게 된다. 마치 조각 작품을 정면에서, 측면에서, 심지어는 위아래에서 샅샅이 뒤져보는 꼴이다. 묘사의 밀도에 따른 생동감, 성격 구성이 함축한 갈등의 효과, 시점 운용 등등. 그렇다고 소설 개념 몇 개로 분석적 감상만 하고 있어서는 턱없이 모자라다. 소설의 알맹이라는 것은 본질적으로 열린 마당이므로 천변만화하는 세계가 구현된다. 바로 풍요와 난해다. 이것이 강하게 작용하도록 만드는 소설이 명작이 된다. 이런 형상을 두고 다층적이다, 큰 울림을 갖는다, 입체적이다, 하는 식으로 표현하기도 한다.

소설가 황혜련의 작품 세계도 대단히 입체적이다. 특이하게, 기억에 각인된 인상 묘사를 즐기고, 은둔형 인물을 잘 다룬다. 1인칭에서 전지적 시점까지를 두루 쓰고 있지만 특징적으로 내적 고백에 어울리는 거리를 교묘하게 밀고 당겨 큰 효과를 보고 있다. 그 결과로 과감한 생략도 가능하도록 하고 있다. 요컨대 고급 작법을 완벽하게 체득한 작가의 작품 세계다. 이렇듯 능소능대할 때 여유가 온다. 고독한 세계를 그릴 때 나오는 냉소와 풍자의 맛도 이 여유에서 나온다.

「굿바이 펫」은 젊은 무직자 주노가 독신 여인의 개 노릇을 하는 일자리를 얻지만, 그 여인을 독살하고 동반 자살한다는 내용이다. 이 소설은 유재용의 걸작 「관계」를 떠올리게 한다. 그 작품에서는 만복 씨의 고용주가 만복의 아이를 얻어 떠나지만 「굿바이 펫」에서는 인물들이 죽음으로까지 내몰리고 있다. 세태는 더 삭막해진 셈이다. 생활할 집도 돈도 없는 주노는 '살인이나 강간만 아니라면 어떤 일도 해낼 수 있다'는 각오로 일자리를 찾지만, 그 일이란 게 개 노릇을 해야 하는 것이었다. 처음 여자로부터 애완남 얘기를 들었을 때는 모든 게 절박했던 주노도 흔들렸지만, 돈이 전부인 세상 아닌가. 이제 잠자리를 구걸하지 않게 된 것만으로도 주노는 다른 말이 필요 없었다. '개처럼 짖고 발가락을 빠는 건 지하철에서 물건을 팔고 바에서 술을 나르는 거와 다르지 않을 것이다.' 라고 읊조리는 청년의 독백이 섬뜩할 정도로 단호하다. 바로 삶이 사라진 모습 그 자체다. 죽음이 따라오는 것은 필연이다. 살인만 아니라면 어떤 일도 할 수 있다던 주노가 마지막으로 택한 방식은 독살이었고, 자신도 독이 든 물고기를 먹으며 죽어간다.

이 작품은 황혜련의 소설들 중에서 가장 극단적인 내용을 취한 것으로, 흉흉한 세태를 우화적 상상력으로 형상화했다. 리얼리티에 반응한 작가의 감수성이 흥미롭다.

2

지하 셋방에서 십자수를 놓으며 살아가는 여인이 있다. 「깊은 숨」에 나오는 주인공 '나'다.

'나'는 아버지의 폭행을 견딜 수 없었고, 출판사에 일자리를 얻어 독립했을 때 행복했지만, 그 회사 사장의 내연녀가 되면서 맹목의 사랑에 함몰하고 만다. '사장의 전화를 받은 날엔 모든 걸 접고 시장부터 달려가 가장 싱싱하고 물 오른 것들로 장바구니를 채워 그의 밥상을 차려' 내지만 나는 늘 두통에 시달린다. 여러 번 이별도 시도했으나 뜻대로 되지 않았다. '그는 나를 사랑한다고 하면서 두통에 대해서는 알려고 하지 않았으며, 나를 사랑한다고 하면서 오백만 원이나 되는 거금을 요구했다. 나에 대한 그의 사랑은 그가 나를 사랑한다고 믿는 자기 확신뿐 사랑으로 인해 치러야 할 일들에는 무감각했다.' 사랑의 무게를 견디고 있는 연인이 치르는 대가는 가혹하다. 그리고 그 현실을 누구보다 잘 알고 있으면서도 달아나지 못하는 나는 사랑의 포로로 살아가고 있다.

그의 계좌로 오백만 원을 입금하고 돌아오는 길에 치과엘 들렀다. 사랑니를 뽑기 위해서였다. 그를 위해 전세금을 헐고 담담할 수 없었다. 나는 치통으로 마음의 몸살을 잊고 싶었다. 노의사가 내 이빨을 잡고 한참을 고전했다. 내 몸살에 괜히 애먼 노의사를 끌어들였다는 생각이 들어 아주 잠깐 그냥 둘걸 그랬나 후회도 해봤지만 사랑니를 뽑기로 한 건 역시 잘한 일이었다고 생각을 고쳐먹었다. 사랑니는 뿌리째 들어내지 않으면 앞으로도 종종 통증을 안고와 나를 괴롭힐 것이다. 사랑니를 뽑고 진료실을 빠져나오려는데 내 뒤통수에 대고 의사가 말했다.

"마취가 풀릴 때 아플 거예요. 그리고 일주일 동안 술은 절대 안 돼요."

의사는 내게서 술을 마셔야만 될 어둠의 그림자를 본 것일까. 그러나 나는 돌아오는 길에 소주 한 병을 샀다. 그리고 집으로 돌아와 잇몸 사이를 누르고 있던 솜방망이를 뱉어 버리고 술을 마시기 시작했다. 절대로 안 되는 일을 하고나면 무슨 일이 벌어질까? 혹시 죽을 수도 있을까?

실존적 공허에 휩싸인 '나'의 심리묘사가 탁월한 부분이다. 특히 발치拔齒의 상징성을 죽음과 잘 연결시켰다.

작가는 '내'가 어떻게 불행에 길들여져 왔는지도 작품을 통해 침착하게 보여준다. '나는 밝았던 적이 없었다.' 밝고 싱그러운 표정은 '나'에게 낯설다. 나는 '남의 서방과 놀던 년'으로 찍히고, 십자수로 생계를 유지하며 늘 두통에 시달리며 사는 지하 생활자, 은둔자, '상식적인 사랑'이 불가능한 여자다. 그러나 '나'는 나만의 고독을 나의 실존적 정체성으로 삼아 버티며 살아간다. 그때 홀로된 사내가 나타나 나는 그와 함께 배드민턴을 치게 되면서 불면과 두통에서 벗어나게 되었다. 하지만 반전이 도사리고 있었다.

배드민턴은 나의 모든 것을 바꾸어놓은 셈이었다. 그런데 이상한 일이었다. 웬일인지 나는 그 모든 변화가 하나도 즐겁지 않았다. 뭔가 알맹이가 빠진 듯 허전하고 몸 둘 바 마음 둘 바 모르는 사람처럼 하루 종일 서성댔다. 그러다보면 공중을 떠다니는 먼지 같은 생각이 들기도 하고 어떨 땐 부유하다가 소리도 없이 사라져가는 가랑잎 같다는 생각이 들기도 했다. 내게서 불행의 요소들이 사라지자 살아있는 것 같지 않았다. 무명가수의 꿈이 사라지고 바닷가 카페 여주인의 그림자가 없어지자 나는 미확인된 비행물체처럼 존재감이 느껴지지 않았다. 그때 나는 알았다. 나를 지탱해주는 지렛대가 불행이란 것을. 그동안 내가 고통을 헤집고 부도덕한 사랑에 붙들려 있었던 건 살아있음에 대한 끊임없는 확인 작업이었음을.

폭력과 멸시를 학습해온 '나'의 트라우마를 소설적으로 탁월하게 그려내어 갈등의 근간을 끝까지 파헤치는 저력을 보여주었다. 불행에 뿌리 내린 '나'의 삶, 부도덕한 사랑에서 살아있음을 느끼게 되는 병적 심리들을 남김없이 잘 포착했다.

나의 정체성은 '불행'이라고 읊조리는 그녀는 말미에 배롱나무를 끌어와 비극적 성격을 아름다운 여백으로 결말 지었다.

"배롱나무는 꽃대가 아주 늦게 나온다죠? 그렇지만 일단 피고 나면 아주아주 오랫동안 예쁘게 피어 있대요."

'나'라는 인물은 이 황폐한 시대, 소외된 인간의 전형이 될 수 있다. 이 인물을 깊고 끈질기게 추적한 「깊은 숨」은 단연 돋보이는 수작이다.

「불면 클리닉」도 접근 방식은 상이하나 그 근원은 「깊은 숨」과 크게 다르지 않다.

「불면 클리닉」의 '나'는 라디오 프로그램 모니터링 일을 한다. 불면에 시달리던 나는 임상심리 전문가에게서 치료를 받지만 마음의 행로는 엉뚱한 방향으로만 흘러간다. 이런 단순한 상황 설정에 K라는 중년 명리학 강사와 불면을 앓는 초로의 이웃집 여인이 등장한다. 이들은 나의 공허를 더욱 키우고 불안을 확인시켜줄 뿐, 내 불면의 원인은 어디에서도 해소될 기미가 없다.

작가는 불면의 원인을 좌절로 암시하고 있다. 좌절된 사랑. 좌절된 꿈. 사랑에서 소외된 나는 「깊은 숨」에서와 마찬가지로 또 다시 죽음의 그림자를 느낀다.

나는 그날 밤, 여자를 모른 척했던 게 자꾸만 마음에 걸렸다. 여자는 수면제를 한 움큼 털어 넣고 영원이 푹 지는 게 소원이라고 입버릇처럼 말했었다. (중략) 여자가 죽지 않은 건 다행이었지만 나는 왠지 당한 느낌이 들었다. 여자가 죽어야 죄책감에 시달리며 아파했을 텐데 살아있다니 갑자기 존재감이 박탈된 것처럼 허탈했다. 나는 여자의 죽음에서 위안을 얻으려 했던 것 같았다. 비록 돈도 없고, 남편도 없고, 암에 걸리고, 잠도 못자지만 여자만큼 나쁘진 않다고. 그러니 아직은 살 만하다고.

이 정도 서술은 솔직하다 못해 잔인할 정도다. 황혜련의 작품 세계에는 집요한 학대가 있다. 그것이 진실이기 때문에 추적해 들어갈 뿐이다. 그리고 그 결과는 늘 죽음의 그림자를 보고 있다. 문체는 결코 비장하지 않다. 오히려 약간 냉소적이다. 그러나 결코 적당히 타협하고 있지 않기 때문에 그 어떤 과장보다도 어둡다.

3

'당신이 올 시간이다. 나는 자위기구를 침대 옆으로 밀어냈다.'

「슬픈 아다라시」의 도입이다. 자못 도발적이다. 태권도 유단자였던 나는 경기 중에 부상을 당해 불구가 되었지만 차츰 감각이 돌아오자 성애의 욕망을 억누를 수 없어 도우미 조선족 여인에게 파트너를 구해달라고 청한다. 하지만 나는 친절한 이 조선족 여인에게 은근히 마음을 두게 된다. 그러니 다른 데서 섹스파트너를 구하느라 애쓸 것 없이 내가 제시한 돈을 그녀가 챙기고 섹스파트너가 되어주길 원한다. 하지만 이런 삭막한 의식 속에서도 '나'는 진실한 사랑을 실현하고 싶다.

꼴은 이래도 나에게도 마지막까지 지켜내고 싶은 게 있다. 당신에게도 지키고 싶은 그 무엇이 있길 바란다. 사실 내겐 두 가지 마음이 있었다. 당신이 내 요구를 들어주었으면 싶은 간절한 마음과 큰 돈 앞에서 무너지지 않기를 바라는 마음. 당신에게도 빛나는 촉수가 있어야 당신을 바라보는 내

가 지루하지 않으며, 당신과의 사이에 뭔가를 남겨둬야 그
걸 미끼로 살아갈 힘이라도 얻지 않겠는가.

이런 생각을 하고 있는 사이 파트너를 기다리고 있는
모텔 방에 누군가 찾아와 벨을 누른다. 현관문은 열리지
않고 작품은 여기서 끝나버린다. 작가는 여기서 여백으로
질문을 던지고 있다. 사랑의 좌절을 불구라는 모티브로 그
렸지만, 역시 해소는 보장 받지 못하고 있다. 여전히 이
시대의 폐허를 아무런 희망도 주지 않은 채 냉정하게 끊어
내고 있다.

4
「왕소금 주식회사」에서는 작가가 갖고 있던 작풍에서
약간 자세를 바꾸는 유연성을 보게 된다. 달근은 집 한 칸
없는 가난뱅이라는 이유로 소정에게 파혼을 당한 후, 우연
히 알게 된 인터넷 카페 왕소금 주식회사에 가입하여 절약
의 방법을 배운다. 그리고는 역시 초인적인 절약가 양순이
를 만나 사귀게 된다. 양순이 너무 돈돈 하니 조금 지겹기
도 했지만, 어쨌든 돈에 관한 생활관이 맞아 결혼까지 생
각하게 되었고, 어느 날 술기운을 핑계로 그녀와 여관방까

지 가게 된다. 그러나 돈으로부터 역공을 받아 두 번째 연인 양순이마저도 떠나보내게 되고 달근은 고민에 빠진다.

　달근 씨는 김밥을 먹다가 문득 자신이 도대체 뭘 위해 짠돌이란 비난을 받으며 돈을 모으고 있는지 의문이 들었다. 내 집 마련이 목표이긴 했지만 어느새 보니 그 목표에 인생 전부가 지배를 당하고 있었다. 달근 씨는 왠지 스스로 쳐놓은 덫에 제대로 걸려든 느낌이었다. (중략) 달근 씨는 지금의 삶에 정당성을 인정받고 싶었다. 아니 위안이라도 좋다. 달근 씨는 지금 자기가 잘못 살고 있는 게 아니라는 답을 얻기 위해 왕소금 주식회사에 들어가서 절약에 회의가 든 지금 심경을 올리고 당신들은 왜 절약하는지를 물었다. 그러자 금방 댓글이 달렸다. 그들의 답은 단순 명쾌했다. 살아야 하니까, 였다. 거기에 정당성이나 위안 같은 사치스런 단어는 없었다.

　황혜련은 앞선 작품들과 달리 「왕소금 주식회사」에서는 돈에 쪼들리는 사람들의 잃어버린 꿈을 풍자로 그리고 있다. 여전히 그 모습은 매몰찬 도시다. 하지만 눙친 해학으로 희망을 주고 있다. 희망이 고통의 여정을 겪고 뿌리내리면 그 저력은 남다르다. 황혜련의 작품세계가 웃음의 우화를 찾을 때 그것은 단순한 사탕발림이 아닐 것이기에 믿음이 간다.

희망을 찾아가는 여정은 「전」에서도 계속된다.

'엄마가 온다. 시장 모퉁이를 돌아, 사람들 틈을 비집고 어기적어기적, 엄마가 오고 있다. 그 모습이 흡사 마실 나온 집돼지 같다.' 작품 「전」의 시작이다. 참 묘한 도입이다. 애증으로 점철된 모녀가 강인하게 살아가는 터전을 이런 투로 소개하고 있다. 하지만 정직한 작가의 심보가 밉지만은 않다. 「전」은 여인의 수난이대라고 볼 수 있다. 평화로운 결혼 생활을 할 수 없었고, 가장의 보호를 받지 못한 채 장마당에서 전을 구워 팔아 생계를 유지하는 모녀의 삶은 신산하다. 질병이 찾아오고, 아버지 혹은 남편의 빈자리는 늘 커다란 결여의 공허를 몰고 왔다.

온전한 아버지의 사랑을 받지 못했던 나는 고교 시절 미혼모가 되고, 그 사실을 감춘 채 어느 애 딸린 홀아비에게 시집을 가지만 그 남자도 자전거 사고로 죽고 만다. 엄마는 아이들이 모두 잠든 깊은 밤 몰래 찾아와 나를 데리고 다시 엄마의 집으로 돌아온다. 그 뒤로 엄마의 몸은 점점 병마에 시달리고 나는 엄마의 전 장사를 잇는다. 장사를 하다가 취객의 요청으로 할 수 없이 엄마 입에 달려있던 흥얼거림을 따라 불렀는데 마침 그때 나타난 엄마가 그 광경을 목격하고 대노한다. "이년아, 장살하랬지 누가 그따위 노래를 부르랬나? 술 팔고 노래 팔고 그담엔 몸뚱이까지 팔끼나?" 딸도 자신의 처지와 다를 바 없이 나이 들어간다는 사실에 서럽고 화가 난 어머니. 하지만 딸은 엄마에게 줄 선물을 사며 모녀의 내일을 희망으로 채우려 한다. 수난이 계속된다 하여도 두 사람은 모녀 관계이기 때문이다. 살풍경 속에서도 가꿔나갈 사랑의 터전이 희망을 준다.

「팔찌」는 유방암에 걸린 여자의 이야기다. 유방 절제 수술을 받은 여자와 그녀를 간병하는 남자가 있다. 남자는 아내와 자식 모두와 헤어져 여자와 동거하는 시간 강사다. 두 사람은 어렵게 사랑을 이루지만 여자가 유방암에 걸리면서 삶은 다시 소용돌이에 빠져든다. 황혜련의 작품에는 평화가 지속되기 힘들다. 소외되어 은둔한 채 살거나, 어쩌다 아름다운 시절이 오면 곧 병마의 공격을 받는다. 다시 고독해지는 것이다. 고독한 사람은 반추하는 습성에 젖기 쉽다.

여자는 항암치료로 머리카락이 빠지자 머리를 밀어주

겠다는 남자를 두고 혼자 머리를 밀기 위해 가발가게를 찾는다. '여자는 머리카락이 한 올도 남지 않고 모두 잘려나가는 그 절정의 순간을 누군가의 개입으로 망가뜨리고 싶지 않았다.' 남자 앞에서도 홀로 되어 병적인 카타르시스를 찾는 여자. 기억에 매달려 자폐하려는 심리. 하지만 이 비극적 상황에서도 희망을 암시하는 장치가 있다. 바로 팔찌다.

여자에게는 두 개의 팔찌가 있다. 암 진단을 받던 날, 병원 측으로부터 받은 번호 팔찌와 아버지의 유품인 금팔찌. 아버지의 금팔찌가 여자의 팔목을 잡아주었듯이 이제 남자는 여자의 팔목에 각인된 이 번호 팔찌를 평생 지켜줄 것이다.

5

「우리 염소」는 황혜련의 데뷔 작품이기도 하다. 그녀는 비교적 짧은 기간 동안에 여러 곳의 작품 콘테스트에 두루 뽑히는 기염을 토했기 때문에 등단 작품을 딱 하나로 특정하기가 좀 곤란하지만, 아무튼 이 작품은 초기 작품인 것만은 틀림없다.

줄거리는 비교적 단순하다. 집에서 기르는 염소 세 마

리를 도둑맞은 내가 그 도둑맞은 염소를 찾으러 나간 아내를 기다린다는 이야기다. 표면은 그러하나 저층에는 원시적인 욕망을 암시한다. 바로 아내의 모습이 그렇다.

사지가 묶인 염소 위로 사내들에게 꼼짝없이 팔다리를 잡힌 채 변을 당하고 있는 아내의 모습이 겹쳐졌다. 설마. 나는 도리질을 쳤다. (중략) 염소가 더 이상 발버둥을 칠 수 없게 되자 아내는 날이 선 칼을 불알에 갖다댔다. 칼이 닿자마자 혹하고 피가 번져 나왔다. 염소가 몸을 한번 꿈틀, 했다. 나도 모르게 손이 아랫도리로 갔다. 아내는 갈라진 음낭 사이로 손을 집어넣어 알을 꺼냈다. 흰빛이 도는 두 개의 알이 아내의 손아귀에 잡혀 나왔다. 아내는 그것을 단칼에 쳐냈다. 나는 더 쳐다볼 수가 없어 고개를 돌렸다. 아내는 피로 범벅된 불알 주위를 헝겊으로 쓱싹 닦고는 묶여 있던 발을 풀어주었다. 억지로 중심을 잡은 염소가 절뚝거리며 맹맹— 하고 울음을 토해냈다. 아내는 그런 염소의 궁둥이를 한 대 탁 치고는 잘린 불알을 집어다 개집 앞에 던져주었다. 개가 뛰쳐나오더니 날름 그것을 물고 도로 제집으로 들어갔다. 아내는 그 모든 일을 눈 하나 깜짝하지 않고 단숨에 해치웠다. 나는 아내가 무서워졌다. 어디에 저런 잔혹함이 숨어 있었나. 도대체 밖에서 무슨 일이 있었던 걸까.

이 알 수 없는 분노와 단호함은 무엇을 암시하는 것일까? 황혜련은 그녀의 작품 초기에 이미 폭력과 욕망의 왜곡으로 얼룩진 현대인의 초상을 과감한 생략과 암시로 그려내기 시작했다. 개인을 향해 맹목으로 가해지는 사회적 억압. 특히 여성을 타깃으로 가해지는 폭력, 그리고 이런 것들이 갖는 무서운 학습능력. 작가는 이 문제의식을 어떻게 다루어 나갔는가? 이 질문의 답을 살피는 길이야말로 이 소설집의 성격을 파악하는 첩경이라고 하겠다.

황혜련의 단편은 기본적으로 삶을 폐허로 보고 있다.

그 사실에서 출발하는 구성은 참을 수 없을 만큼 강한 정직을 요구하고 있다. 따라서 인물들은 그 삶을 액면 그대로 살아내고 있으며, 병마와 가난과 멸시가 그치지 않는 공간 속에 존재한다.

관계는 막혀 있고 죄에 길들여지다가 결국 고독하게 은둔하는 「깊은 숨」, 간신히 비빌 언덕을 구하지만 비정상적인 행태 속에서 복수극을 펼치는 「굿바이 펫」, 굴절된 욕망으로 아무도 해소해줄 수 없는 병적 심리를 안고 살아가는

「불면 클리닉」, 「우리 염소」, 「슬픈 아다라시」, 고단한 삶의 밑바닥을 인정하고 똑같이 신산한 삶을 살고 있는 타인을 서로 의지하며 가냘픈 희망을 보는 「팔찌」, 「전」, 그러면서도 풍자의 세계에서 여유를 찾으려는 「왕소금 주식회사」, 마지막은 예외적이지만 황혜련 작품 세계의 대안임에는 틀림없다. 풍자는 남성적 글쓰기라지만 능력을 보이는 작가에게 젠더 한계란 미미한 것에 불과하다.

지금까지 소설가 황혜련이 추구한 작품세계는 명확하다. 가난하고 병든 인간에 대한 정직한 응시다. 마치 전쟁 중 폐허가 되어버린 고향에 돌아온 여인이 가꾸어가는 정원 모습과 흡사하다. 그 정원이 다시 살아나 꽃과 나무와 새들로 풍요를 누리게 되는지, 아니면 변치 않는 폐허 속에 오직 염원의 광기로 가득 차게 될지는 아무도 모른다. 작가 자신도 모르겠지만 이 대담한 소설 실험은 결코 멈추지 않을 것이다. 황혜련의 이 실험 결과를 기다리는 우리 문단은 문학사 금고에 또 하나의 소중한 보배를 쌓을 수 있게 되었다.

불면 클리닉

초판 1쇄 인쇄일 • 2018년 10월 10일
초판 1쇄 발행일 • 2018년 10월 15일

지은이 • 황혜련
펴낸이 • 임성규
펴낸곳 • 문이당

등록 • 1988. 11. 5. 제 1-832호
주소 • 서울시 성북구 동소문로 65-2 삼송빌딩 5층
전화 • 928-8741~3(영) 927-4990~2(편)
팩스 • 925-5406

© 황혜련, 2018

전자우편 munidang88@naver.com

ISBN 978-89-7456-515 - 2 03810

값은 뒤표지에 표시되어 있습니다.